VERDACHT

BLUTSCHMETTERLING

ILONA BULAZEL

EI Ilona Bulazel
6 B Avenue des Isles d'Amérique
F-34300 Agde

E-Mail: kontakt@autorib.de
Website: https://www.autorib.de
Facebook: https://www.facebook.com/ilonabulazel
Newsletter-Anmeldung: https://www.autorib.de/newsletter

Ausgabe 4_3.11/2023

Korrektorat: Lektorat Zeichenmanufaktur

Cover / Photo Images © Depositphotos / photocosma (Cosma Andrei), jannystockphoto (Teerawut Masawat), zastavkin (Sergey Pristyazhnyuk), sun_tiger (Yevheniia Shvets)

ISBN: 9798866535446
Imprint: Independently published
Weitere Informationen zum Druck: siehe Buchende

INHALT

LESEPROBE ZU »VERDACHT – DIE TOTE STIEFMUTTER«

ÜBER DAS BUCH

Nur verschwommen nahm er die Gestalt wahr, die ihn beim Sterben beobachtete. Blut hing in seinen Wimpern, verschleierte ihm den Blick – und plötzlich überkam ihn eine unendliche Trauer. Er hatte versagt, er hatte auf ganzer Linie versagt ...

Die sechsjährige Sophia und ihr jüngerer Bruder Kilian werden mitten in der Nacht aus dem Haus der Familie Rothmann entführt. Die schwerverletzte Babysitterin Doreen Amlung stirbt noch am Tatort, bevor sie irgendwelche Hinweise auf die Täter geben kann.

Die Karlsruher Hauptkommissare Link und Strickle werden mit den Untersuchungen des schwierigen Falls betraut. Bei der Suche nach den Geschwistern zählt jede Minute. Der Druck wird noch größer, als ein weiterer Mord direkt im Umfeld der Familie den Beamten Rätsel aufgibt. Ist diese Tat eine grausame Warnung der Entführer oder steckt mehr hinter der Brutalität, mit der man das Opfer getötet hat?

Während der Ermittlungen ergeben sich zahlreiche Ungereimtheiten. Die Eltern verbergen die Wahrheit vor der Polizei und auch die

Mordopfer scheinen nicht so unschuldig, wie zunächst vermutet. Sind womöglich die Eheprobleme der Rothmanns ein Grund für die tragischen Ereignisse oder die Wut eines Menschen, der sich abgelehnt fühlt und jegliche Grenze überschreitet?

In diesem Psychothriller erlebt der Leser, wie Vertrauen missbraucht, Liebe verraten, Sadismus sich seiner grausamsten Instrumente bedient und am Ende der *Blutschmetterling* entscheidet, wer befreit wird oder wer stirbt …

1

Das Richtige tun, um nicht ein Leben lang bereuen zu müssen … Doreen Amlung hatte letztendlich versucht, das Richtige zu tun, aber leider blieb ihr kein Leben mehr übrig, um davon profitieren zu können. Die Dreiundzwanzigjährige würde sterben, vermutlich in den nächsten Sekunden.

Während sie mit letzter Kraft die Tür aufstieß und über den Boden kroch, hinterließ sie eine blutige Spur. Das Atmen fiel ihr schwer und als sie jetzt die frische Luft auf der Haut spürte, schnappte sie hektisch danach, sog ihre Lungen voll. Gleichzeitig überkam sie ein eisiger Schauer, der ihren ganzen Leib erzittern ließ. Sie blieb auf dem Bauch liegen. Dabei berührte der Oberkörper die kalten Marmorplatten vor der Haustür, während ihre Beine auf dem wollenen Teppich im Eingangsbereich ruhten. Ein letztes Mal hob Doreen den Kopf an, stöhnte und versuchte zu schreien. Aber einzig ein Röcheln entschlüpfte ihrer Kehle, begleitet von dem verzweifelt geflüsterten »Mama« und dem salzigen Geschmack, den die Tränen auf ihren Lippen hinterließen.

Alfons Tanner bereute auf seine Weise. Wieder einmal hatte der Abend mit einem Streit zwischen ihm und seiner Frau geendet. Wieder einmal hatte er sich dann mit den Worten: »Ich brauche frische Luft«, aus dem Staub gemacht – in der Hoffnung, bei seiner Rückkehr wäre Brigitta im Bett und am Morgen viel zu müde, um ihm weitere Vorwürfe zu machen.

Er hatte sich eine Zigarette angezündet und ging nun mit großen Schritten die Straße entlang. Alfons nahm immer diesen Weg, denn er führte in die Sackgasse. Dort betrachtete er dann für gewöhnlich voller Zorn das Haus der Rothmanns, die er nur zu gerne für seine Probleme verantwortlich machte.

Immerhin hielt ihm Brigitta die ungeliebten Nachbarn ständig als leuchtendes Beispiel vor. *Die Rothmanns haben die Fassade renoviert, die Rothmanns haben einen Pool im Garten, die Rothmanns fahren drei Mal im Jahr in Urlaub* und so weiter. Er warf Brigitta dann üblicherweise vor, materialistisch zu sein und sie konterte mit verbalen Schlägen unter die

Gürtellinie. »Was soll's, es können ja nicht alle Männer erfolgreich sein!«, war einer dieser Hiebe, der Alfons nicht nur wütend machte, sondern auch maßlos enttäuschte.

Er hatte Brigitta aus Liebe geheiratet, aber offenbar reichte das nicht. So in Gedanken versunken, trottete er nun gemächlich weiter und zischte, als er das Haus der Rothmanns erreichte, wütend: »Die haben wohl noch nichts von Energiesparen gehört.«

Eine Bemerkung, die sich auf das Licht bezog, das wie jeden Abend über den vier Stufen, die zur Haustür führten, brannte. Noch während er sich vorstellte, wie er die Lampe mit einem Stein bewerfen und so das Glas der Abdeckung zum Bersten bringen könnte, sah er den leblosen Körper.

Im ersten Schockmoment fiel ihm nichts Besseres ein, als zu rufen: »Hallo, geht es Ihnen gut?« Natürlich eine absurde Frage angesichts der Tatsache, dass die betreffende Person in einer Januarnacht unbeweglich auf der Treppe lag.

»Hallo?«, rief er noch einmal, dann löste sich seine Starre und er rannte los.

Wie bei allen Häusern in der Straße musste man kein Tor überwinden, um auf das Grundstück zu gelangen. Alfons warf automatisch die Zigarette weg und suchte bereits sein Handy. Noch während des Laufens erkannte er Doreen

Amlung; sie wohnte in einer der Parallelstraßen. Ein hübsches Mädchen mit auffallend schönen, roten Haaren. Vermutlich entdeckte er deshalb nicht gleich die Kopfverletzung und das Blut, das sich bereits auf ihrem Hinterkopf verteilt hatte. Erst der Blick ins Haus, der dunkle Streifen auf dem hellen Teppich, der sich bis zu Doreen zog, ließ ihn begreifen, dass die junge Frau verletzt war. Unbeholfen und mit den besten Absichten drehte er sie um, rief dabei hektisch ihren Namen.

Abrupt ließ er jedoch von ihr ab, als ihn die trüben Augen anklagend anstarrten. »Erkennst du nicht, dass ich tot bin?«, schienen sie ihm sagen zu wollen.

Keuchend wich er von der Leiche zurück und wählte mit zitternden Fingern den Notruf, wobei ihm kurz der Gedanke kam, auch am heutigen Abend wieder einmal den falschen Weg eingeschlagen zu haben.

* * *

Hauptkommissar Elias Strickle erreichte den Tatort fast zeitgleich mit dem Team der Gerichtsmedizin. Der Sechsunddreißigjährige war zufällig in der Nähe gewesen, hatte gerade sein Lauftraining abgeschlossen und stand nun in Sportklamotten vor dem Wohnhaus der Rothmanns im Karlsruher Stadtteil Daxlanden.

Die Streifenkollegen, die als erste vor Ort gewesen waren, klärten ihn umgehend auf. »Wir haben alle verständigt«, sagte eine der jungen Beamtinnen und sparte sich eine Begrüßung.

»Schrecklich«, fügte ein anderer Polizist an.

»Habt ihr die Eltern der Kinder schon erreicht?«, hakte Strickle nach. Man hatte ihm bereits am Telefon einige Stichpunkte genannt, sodass er nicht völlig ahnungslos war.

»Den Vater haben wir verständigt, er ist auf dem Weg«, informierte man ihn. »Die Mutter hält sich laut ihm im Theater auf, vermutlich hat sie deshalb das Handy ausgeschaltet. Wir haben ein Team hingeschickt, um sie abzuholen.«

»Das ist gut«, antwortete Strickle und fragte, »behält jemand das Telefon im Auge?«

Erleichtert nahm er das bejahende Nicken seines Gegenübers zur Kenntnis.

»Wir können nur hoffen, dass sich die Entführer melden«, fügte der Kollege noch an.

Ihr Gespräch wurde durch die Ankunft eines weiteren Fahrzeugs unterbrochen.

Hauptkommissar Strickle spürte ein Gefühl der Erleichterung, als er die füllige Figur seines Kollegen erblickte, der sich nun umständlich aus dem Fahrzeug hievte.

Max Link hob die Hand zum Gruß und Strickle atmete erneut durch.

»Es wurde bereits ein Experte vom LKA angefordert«, sagte der achtundfünfzigjährige Link, als er die Kollegen erreichte. Auch er verzichtete auf eine Begrüßung, denn für Höflichkeiten war keine Zeit. »Wir sollten sofort anfangen«, fügte er noch an und drehte sich in Richtung der Männer und Frauen in den Schutzanzügen.

Kurz darauf stand er ebenfalls in einen weißen Overall eingehüllt neben Hannah Baumeister, der Gerichtsmedizinerin, und sah in das Gesicht der toten Doreen Amlung.

»Laut Alfons Tanner, dem Mann, der sie gefunden hat, half das Opfer gelegentlich als Babysitter im Haus der Rothmanns aus und wohnte in der direkten Nachbarschaft. Ihr müsst die Familie verständigen«, erklärte die Ärztin mit einem mahnenden Gesichtsausdruck.

»Wir verschaffen uns schnell einen Überblick, dann sprechen wir mit den Eltern der Toten, bevor es im Viertel die Runde macht«, versicherte Link und fragte: »Was kannst du uns bisher sagen?«

Hannah begann mit ihrem Bericht. »Man hat ihr den Schädel eingeschlagen. Die Tatwaffe gehört offenbar zur Einrichtung«, sie deutete in den Hausflur.

Dort lag neben einer Nummerntafel der Spurensicherung eine etwa dreißig Zentimeter hohe Figur des weltberühmten Komikers Charly Chaplin. Obwohl aus Bronze gegossen, war dennoch unverkennbar, wen sie darstellte. Spazierstock und Melone, die Markenzeichen des Schauspielers, glänzten vom Blut des Opfers, das daran haftete.

»Nach meiner ersten Einschätzung wurden die Verletzungen durch mehrere Schläge verursacht. Läsionen im Schläfen- und Stirnbereich, der Schädel weist Brüche auf. Ich nehme an, sie wurde zunächst seitlich über dem Auge getroffen, ist zu Boden gestürzt. Vielleicht wollte sie sich aufrichten, was den Täter veranlasst hat, auf den oberen Rückenbereich und den Hinterkopf einzuschlagen.«

»Jemand hat diese Frau regelrecht niedergeknüppelt«, warf Strickle mit unbeweglicher Miene ein.

»Der Täter war brutal, das ist richtig«, stimmte ihm die Gerichtsmedizinerin zu. »Womöglich wollte er die Frau nicht nur vorübergehend außer Gefecht setzen, weil sie sich ihm in den Weg gestellt hat, sondern gezielt töten.«

»Aber als er ging, hat das Opfer noch gelebt?«, fasste Link nach.

Hannah Baumeister nickte. »Ja, denn sie kroch zur Haustür und hat sie geöffnet. Aber wie lange Doreen Amlung nach dem Angriff noch gelebt hat, ist schwer einzuschätzen. Sie hat jedenfalls gegen den Tod angekämpft«, ergänzte die Ärztin bedauernd, »vermutlich wollte sie unbedingt die Kinder retten.«

Die Hauptkommissare stimmten Hannahs Vermutungen zu und wandten sich jetzt an die Mitarbeiter der Kriminaltechnik. Einer reichte ihnen den Brief, den der Täter zurückgelassen hatte und der den grausamen Mord an der jungen Doreen, wenn das überhaupt möglich war, noch brutaler erscheinen ließ.

»Wir haben Ihre Kinder. Keine Polizei, wir melden uns wegen der Geldübergabe. Folgen Sie unseren Anweisungen, sonst sterben die beiden!«

»Da lässt sich nicht viel herauslesen«, bemerkte Strickle resigniert. »Und wie haben sich die Entführer das überhaupt vorgestellt?« Er schüttelte den Kopf. »Die entführen die Kinder der Rothmanns, lassen die Leiche des Babysitters zurück und hoffen darauf, dass die Eltern die Polizei außen vor lassen und den Mord irgendwie vertuschen?«

»Warum nicht«, warf Link ein. »Würdest du das

nicht zumindest versuchen, wenn es deine Kinder retten könnte? Ich bin mir fast sicher, dass die meisten Eltern aus lauter Angst die Polizei nicht verständigen würden. Wäre das Opfer nicht noch zur Tür gekrochen und der Nachbar zufällig vorbeigekommen, wer weiß, wann man uns dann hinzugezogen hätte.«

* * *

»Wer ist da?«, fragte Nora Amlung irritiert durch die Sprechanlage. Dann folgte ein halb mahnendes, halb belustigtes: »Doreen Schätzchen, hast du wieder die Schlüssel vergessen?«

Mit belegter Stimme gab sich Hauptkommissar Link zu erkennen. Es war bereits nach zweiundzwanzig Uhr, und offenbar rechnete die Hausherrin nun mit einer schlechten Nachricht, denn als sie schließlich die Tür öffnete, wirkte sie bleich und man konnte ein leichtes Zittern ihrer Hände erkennen.

»Ich habe die Sirenen gehört«, stotterte sie. »Mein Mann … Er ist noch mit dem Wagen unterwegs, gab es einen Unfall?« Automatisch schlang sie die Arme um den eigenen Körper.

»Wir sollten hineingehen«, sprach Link mit sanfter Stimme und schob die Frau vorsichtig ins Haus.

Aber Nora Amlung schüttelte seine Hand ab und forderte wütend: »Erklären Sie mir endlich, was los ist!«

»Doreen«, entgegnete daraufhin Strickle. »Sie ist tot.«

Nora Amlung brach in Links Armen zusammen. Noch während die Beamten einen Krankenwagen verständigten, traf Xaver Amlung, der Ehemann von Nora und Vater der Toten, ein.

Wieder einmal den Alptraum einer Familie miterleben zu müssen, verlangte den Beamten einiges ab. Schließlich gelang es ihnen zumindest, nützliche Informationen vom Vater zu erhalten, während die Mutter in die Klinik gebracht wurde.

Der versuchte erst gar nicht, die Tränen zu verbergen. »Sie war ein liebes Kind, hübsch, immer gut gelaunt«, erinnerte er sich zurück und weinte leise. »Wir haben versucht, ihr alles zu geben, aber das war nicht immer möglich. Das Haus ist noch nicht abbezahlt, aber wenn man in einer guten Wohngegend leben will, muss man eben mehr Geld investieren«, begann er, vom Thema abzuschweifen. »Das hier ist eine gute Wohngegend. Rechtsanwälte, Ärzte, Unternehmer, alles anständige Leute«, sprach er weiter, nur um sich dann selbst zu unterbrechen. »Wir waren immer so stolz, dass wir es bis hierher geschafft haben und jetzt wird mein Mädchen … ermordet.« Das letzte Wort hauchte er mehr, als dass er es wirklich aussprach.

Es folgten Fragen über Doreens Freunde, Partner, ihren Beruf. Der Vater beantwortete sie pflichtschuldig, allerdings gelangte Hauptkommissar Link bereits bei diesem kurzen Gespräch zu der Einsicht, dass man, um wirklich etwas über Doreen Amlung zu erfahren, mit deren Freunden und Bekannten sprechen musste; denn wie gewöhnlich bliebe den Beamten sonst nur die verklärte Sicht der Eltern auf das eigene Kind.

»Sie hat bei den Rothmanns ausgeholfen. Schicke Leute, tolles Haus«, fügte er seufzend an. »Die haben sich sogar einen Pool in den Garten bauen lassen, die Ersten im Viertel«, ergänzte er geistesabwesend.

»Ihre Tochter konnte gut mit Kindern umgehen?«, fragte Strickle vorsichtig.

Xaver Amlung zuckte mit den Schultern. »Ich gebe zu, dass ich zunächst auch überrascht war, aber es sprach ja nichts dagegen. Sie wollte sich ein bisschen Geld dazuverdienen, bevor das Studium losgeht. Ich dachte nicht, dass sie in Gefahr wäre, es war doch gleich um die Ecke und die Rothmanns sind vornehm.« Plötzlich riss er die Augen auf und starrte Link an. »Hätte ich es wissen müssen? Es ist meine Schuld. Ich hab sie finanziell nicht so unterstützen können, sie war deshalb eingeschnappt, aber wie gesagt, das Haus, die Schulden …« Er weinte wieder. »Ich dachte, es tut ihr gut, eigenes Geld zu verdienen und es war ja nur gelegentlich. Ich konnte doch nicht ahnen, dass das gefährlich ist.«

Die Beamten bemühten sich, dem Mann die Schuldgefühle zu nehmen, und organisierten schließlich einen Streifenwagen, der ihn zu seiner Frau ins Krankenhaus bringen sollte.

Bei der Verabschiedung wandte er sich noch einmal an die Beamten: »Sie können mein Haus auf den Kopf stellen. Alles was nötig ist, um dieses Schwein zu finden.«

»Wir werden unser Möglichstes tun. Sie müssen sich jetzt um Ihre Frau kümmern«, redete ihm Hauptkommissar Link gut zu und half dem Mann einzusteigen.

Als sich der Streifenwagen mit Xaver Amlung entfernte, seufzte Strickle und sagte angespannt: »Und das Schlimme ist, dass die Verzweiflung heute Nacht kein Ende nehmen wird.«

Als die Hauptkommissare dieses Mal das beeindruckende Wohnhaus der Rothmanns erreichten, waren die Blaulichter der Streifenwagen ausgeschaltet und die Transporter der Kriminaltechnik und der Gerichtsmedizin verschwunden. Dennoch deutete die Ansammlung von Fahrzeugen in und vor der Einfahrt immer noch darauf hin, dass an diesem Ort etwas Tragisches geschehen war.

Einer der Kollegen informierte sie, dass Hauptkommissar Visser vom Landeskriminalamt mit seinem Team eingetroffen sei, die Fangschaltungen ständen und die Befragung der Eltern gerade stattfinde.

Bereits beim Eintreten ins Haus hörten die beiden Hauptkommissare das Schluchzen einer Frau und gedämpfte Worte, die offenbar beruhigen sollten. Deshalb nahmen die Beamten automatisch an, dass das der Vater sei, der seine Ehefrau tröstete. Im Prinzip hatten sie die Szene bereits im Kopf, bevor sie sie sahen. Umso überraschter waren Link und Strickle dann allerdings, als sich ihnen ein anderes Bild bot, als erwartet.

Neben der weinenden Mutter saß nicht der Vater, sondern eine Frau, die ausgesprochen gut aussah. Der vermeintliche Vater hingegen ging schweigend im Raum auf und ab wie der sprichwörtliche Tiger im Käfig.

Ein weiterer Mann war anwesend. Der erhob sich hastig, streckte Link seine Hand entgegen und stellte sich als Hauptkommissar Visser vor. »Quentin«, fügte er seinen Vornamen an, zum Zeichen, dass er gerne ins Du wechseln würde.

»Max«, stimmte dem Hauptkommissar Link gerne zu.

Der Beamte vom LKA gab den Karlsruher Kollegen ein Zeichen, sie folgten ihm in die Küche.

»Ich hoffe, es wird keine Probleme wegen der Zuständigkeiten geben«, wandte sich Quentin Visser nun an Link und Strickle.

Während Strickle abwinkte, sagte Link: »Keine Sorge, hier geht es nur um das Wohl der Kinder. Niemand von uns will mit diesem Fall seine Karriere ankurbeln.«

Visser seufzte erleichtert. »Ich bin froh, das zu hören, denn wir haben bereits genug Probleme.«

»Das sehe ich genauso«, entgegnete Link und fragte besorgt: »Du bist der Experte für Entführungen, deine Einschätzung wäre für uns enorm hilfreich.«

Visser, der etwa um die vierzig war, fuhr sich mit der Hand durch seine graue Mähne. »Meine Einschätzung«, reagierte er zögerlich, »ich weiß gar nicht, ob ich die laut aussprechen sollte.«

»So schlimm?«, rutschte es Strickle besorgt heraus.

Visser nickte. »Wir haben hier eine Kindesentführung, was an sich schon dramatisch genug ist. Aber noch dazu ist das eine Entführung, die schiefgegangen ist.«

»Die Kinder sind doch weg«, warf Strickle ein.

»Ja, aber die Polizei ist hier. Mit allergrößter Wahrscheinlichkeit wissen die Entführer das bereits. Im Normalfall würde es keiner mitbekommen, wenn die Polizei gegen den ausdrücklichen Wunsch der Entführer hinzugezogen wird.«

»Die haben den Babysitter ermordet«, hielt Strickle dagegen, »was erwarten die denn?«

»Das ist genau der Punkt. Ich nehme nicht an, dass dieser Mord von den Entführern gewollt war, das heißt, deren Plan hat nicht funktioniert.«

»Verstehe«, brummte Link, »deren Plan ist also schiefgegangen, wodurch nun das Leben der Kinder gefährdet ist.«

Visser nickte. »Man darf sich eine Entführung nicht als spontane Idee vorstellen, das ist keine Handlung im Affekt, vor allem nicht, wenn es um Lösegeld geht. Die Täter suchen sich ihre Opfer gezielt aus. Manchmal bedeutet das monatelange Recherche. Immerhin muss dann alles stimmen. Zeitpunkt, Ort, selbst das Wetter kann Einfluss haben. Soll zum Beispiel jemand entführt werden, der jeden Morgen mit dem Fahrrad zur Arbeit fährt und an einer bestimmten Stelle im Park stoppt, um die Enten zu füttern, dann wäre das eine gute Möglichkeit, ihm dort aufzulauern. Aber nicht, wenn es am Tag der Entführung in Strömen regnet und sich das Opfer für das Auto entscheidet, damit lässt sich der Plan nicht umsetzen.«

»Das heißt, die Täter wussten genau, dass die Kinder der Rothmanns heute Abend nur unter der Aufsicht des Babysitters standen.«

»Davon können wir ausgehen. Die Eltern haben ein Theaterabonnement, ein Premierenabo, das ist sicher einfach herauszufinden.«

»Aber der Vater war nicht im Theater«, warf Strickle ein.

Visser grinste schief. »Genau das meine ich. Der Vater war die letzten Monate immer mit dabei. Jedes Mal übernahm Doreen Amlung dann das Babysitting. Die Entführer haben auch das herausgefunden, was sicher nicht allzu schwer war. Aber heute gab es eine Abweichung, der Vater hatte einen Geschäftstermin und die Mutter ging alleine. Genauso gut hätte sie auch zu Hause bleiben können. Das meinte ich damit, dass eine Entführung viel Planung und ein gewaltiges Risiko bedeutet.«

»Aber wenn die Entführer von Doreen Amlung wussten, beinhaltete der Plan vielleicht doch von Anfang an, sie zu töten? Irgendeine Lösung hätten sie für diese Zeugin ja gebraucht«, bohrte Strickle nach.

Link mischte sich ein und entgegnete mit einem Kopfschütteln: »Im Gegensatz zur Entführung halte ich den Mord für eine Tat im Affekt. Allein die Tatwaffe deutet darauf hin. Wäre das geplant gewesen, hätte der Entführer eine Waffe mitgebracht und nicht nach dem erstbesten Einrichtungsgegenstand gegriffen. Außerdem hätte er überprüft, ob das Opfer wirklich tot ist.«

»Das deckt sich auch mit meinen Vermutungen«, übernahm erneut Visser. »Und verstärkt meine Befürchtungen, was das Wohl der Kinder angeht.«

»Du befürchtest, dass sie die Kinder, nachdem der Abend aus dem Ruder gelaufen ist, bereits getötet haben«, fand Link deutliche Worte.

»Durchaus möglich. Der ungewollte Mord an der Babysitterin, die Polizei mischt sich ein, die Risiken steigen, vor allem, was die Geldübergabe angeht. Die befürchten zu Recht, dass sich die Entführung nicht mehr geheimhalten lässt. Demnächst werden die Bilder der Kinder in den Medien gezeigt. Für die beiden braucht man Essen, eine Toilette, Kleidung, ein Versteck und alles muss geheim gehalten werden«, er stieß geräuschvoll die Luft aus, »wenn das den Entführern klar wird, kann man nur hoffen, dass sie die Kinder laufen lassen.«

»Ist das realistisch?«, wollte Strickle wissen und seine gerunzelte Stirn drückte deutlich seine Zweifel aus.

»Eine Chance sehe ich schon. Die beiden sind noch klein. Der Junge ist gerade einmal vier Jahre alt, das Mädchen sechs. Die Gefahr, dass sie gute Zeugen für eine Identifizierung sind, besteht also nicht. Und wenn die Entführer Masken getragen haben, dann hätten sie kaum etwas zu befürchten. Womöglich haben wir Glück und es ist ein Einzeltäter.«

Bevor die Hauptkommissare auf das Schreiben hinweisen konnten, das sie am Tatort gefunden hatten, ergänzte Visser: »Auch wenn in diesem zurückgelassenen Brief etwas von ›wir‹ steht, muss das nicht heißen, dass wir es tatsächlich mit einer Gruppe zu tun haben. Solche Formulierungen sind nicht ungewöhnlich, denn sie helfen, die Eltern noch mehr unter Druck zu setzen. Nach dem Motto: Wir sind zu viele, um sich gegen uns zu stellen.«

»Und wieso wäre ein Einzeltäter ein Glück? Wenn das wirklich jemand allein durchgezogen hat, dann ist der doch erst recht in Panik und noch gefährlicher.«

»Oder aber er besinnt sich und bläst alles ab. Er kann diese Entscheidung alleine treffen. Gibt es Partner, wird das schwierig, denn jeder hat andere Interessen. In so einem Fall übernimmt dann meist der Skrupelloseste die Führung.«

In diesem Moment fuhr Strickle herum, er hatte eine Bewegung im Augenwinkel wahrgenommen. Die

Frau, die eben noch mit der Mutter auf der Couch gesessen hatte, tauchte in der Küche auf. Der Hauptkommissar fragte sich, wie lange sie nun schon an der Tür gestanden und gelauscht hatte.

»Ich wollte nicht stören«, sagte sie schüchtern und Strickle konnte trotz der Umstände nicht verhindern, die Anziehung zu spüren, die von der Fremden ausging.

»Ich brauche ein Glas Wasser für Frau Rothmann«, fügte sie hinzu und bewegte sich wie selbstverständlich in der Küche, was Strickle vermuten ließ, dass sie ein häufiger Gast im Haus war.

»Sicher«, reagierte Visser. Dann fiel ihm ein, dass die Kollegen die Frau noch nicht kannten und stellte sie vor. »Das ist Frau Doktor Valera Pfister, die Psychiaterin von Frau Rothmann. Frau Rothmann hat darum gebeten, sie zu verständigen.«

Mit einem dünnen Lächeln trat die Medizinerin näher, nickte huldvoll und erklärte: »Meine Aufgabe ist es, Frau Rothmann zur Seite zu stehen und das werde ich auch tun, solange sie mich braucht.«

Link, dem ebenfalls aufgefallen war, wie zielsicher sich Valera Pfister im Haus bewegte, fragte deshalb: »Kannten Sie die Babysitterin der Rothmanns?«

Ihr Lächeln wurde etwas breiter. »Nicht persönlich.«

»Wie dann?«, hakte Link neugierig nach.

»Ich kannte sie aus den Erzählungen von Frau Rothmann. In den Sitzungen sprechen meine Patienten oft über Menschen aus ihrem Alltag.«

»Und was hat Ihnen Frau Rothmann über Doreen Amlung erzählt?«

»Herr Hauptkommissar, das unterliegt meiner Schweigepflicht, aber …« Sie bemerkte, wie Strickle zornig zu einer Erwiderung ansetzte und beeilte sich zu ergänzen: »Ich nehme an, dass mich Frau Rothmann in diesem Fall davon entbinden wird. Beziehungsweise ist sie sicher selbst bereit, Ihnen alles zu sagen, was sie weiß. Immerhin geht es um das Leben von Kilian und Sophia.«

Die Polizisten nickten und Link fühlte sich unerklärlicherweise schuldig. Das erste Mal an diesem Abend fielen die Namen der Kinder, jetzt wurden sie schmerzhaft *real*. Es war keine Respektlosigkeit gewesen, sie während der letzten Stunden nicht mit ihren Namen zu nennen, sondern einfach eine Art Schutz. Die Anonymität sollte den Abstand wahren. Denn für diese Art der Ermittlungen mussten die Beamten ihre Emotionen unter Kontrolle halten, sonst würden die Gefühle die Arbeit behindern.

Visser ergriff erneut das Wort. »Können wir unsere Unterhaltung mit den Eltern fortsetzen?«

»Ich denke, es wird gehen«, gab die Ärztin grünes

Licht. »Zählen Sie auf mich, ich tue, was ich kann, damit Frau Rothmann durchhält.«

Dankbar nickte ihr Visser zu und gemeinsam kehrten sie zurück ins Wohnzimmer.

Nachdem er den Rothmanns die Hauptkommissare Link und Strickle vorgestellt hatte, erklärte Quentin Visser: »Die Beamten sind von der Kriminalpolizei Karlsruhe, genauer gesagt vom Morddezernat.«

Link sprang ein: »Wir wurden wegen des Mordes an Doreen Amlung hinzugezogen und werden die Kollegen vom Landeskriminalamt in jeder Hinsicht unterstützen.«

Der Vater gab ein genervtes Schnauben von sich und rief: »Na wunderbar, noch mehr Polizei. Wenn man uns unsere Kinder nicht mehr … zurückgibt, dann ist das Ihre Schuld. Die Entführer haben sich klar ausgedrückt, keine Polizei.«

»Daniel hör auf«, unterbrach Agnes Rothmann ihren Mann. »Es ist zu spät, die Polizei ist hier und sie wird uns helfen.« Plötzlich richteten sich ihre verweinten Augen auf Link. »Sie sind ein erfahrener Beamter«, fuhr sie verzweifelt fort, »Sie haben sicher schon viele Fälle gelöst, Sie werden mir meine beiden Engel zurückbringen, nicht wahr?«

»Jeder von uns wird sein Bestes geben«, versicherte er der Frau. Es machte Link ein wenig verlegen, dass sie nur ihm aufgrund seines Alters

Kompetenz zutraute. Auch fand er das Quentin Visser gegenüber nicht fair. Aber in ihrer momentanen Verzweiflung wären klärende Worte unangebracht gewesen.

Visser übernahm wieder und erkundigte sich nach den Freunden der Kinder, ihren Gewohnheiten. »Wie verhielten sich die beiden gegenüber Fremden?«, fragte er nun.

Der Vater, der sich weiterhin unruhig von einer Ecke des Zimmers in die andere bewegte, schnauzte: »Denken Sie, wir haben unsere Kinder nicht sorgfältig erzogen? Sophia ist clever und weit für ihr Alter. Wir haben ihr schon früh erklärt, dass man Fremden nicht vertrauen darf. Das Gleiche gilt für Kilian.«

»Das bezweifle ich nicht«, versuchte Visser, die Wogen zu glätten, »aber manche Kinder sind neugieriger als andere, manchmal etwas leichtsinnig.« Bevor der Vater erneut aufbrausen konnte, sagte der Hauptkommissar vom LKA schnell: »Wir müssen diese Fragen stellen, alles kann helfen.«

»Fragen, Fragen! Und während Sie hier *Fragen* stellen, liegen die Leichen meiner Kinder bereits verscharrt im Wald.«

Die Mutter schrie spitz auf und die Psychiaterin schaltete sich ein. »Herr Rothmann, Sie sollten so etwas nicht sagen.«

»Ich sage, was ich will«, ließ sich der Vater nicht beruhigen. »Und was geht Sie das überhaupt an? Was tun Sie überhaupt hier? Mischen Sie sich nicht schon genug in unser Leben ein? Auf die nächste Rechnung bin ich gespannt. Hausbesuch und Nachtschicht, das lohnt sich ja richtig, nicht wahr?«

»Daniel«, schrie Agnes Rothmann jetzt entsetzt. »Frau Doktor Pfister ist hier, weil ich sie darum gebeten habe. Weil ich zumindest einen Menschen an meiner Seite brauche, der mir beisteht.«

»Ach, und ich tue das nicht«, erwiderte er voller Zorn. Dann schien er sich plötzlich der anderen bewusst zu werden und zischte: »Vergiss es« und in Richtung der Beamten sagte er zornig: »Ich brauche frische Luft. Sie finden mich im Garten.«

Frau Rothmann weinte, wandte sich dann entschuldigend an Frau Doktor Pfister und sagte: »Er meint es nicht so.«

»Natürlich nicht«, erwiderte die geduldig und reichte Frau Rothmann eine Tablette.

»Was ist das?«, fragte die jedoch misstrauisch. »Ich will auf keinen Fall einschlafen. Wenn der Anruf kommt, dann muss ich da sein, ich …«

»Keine Sorge«, sprach ihr Valera Pfister gut zu. »Die wird Sie nicht müde machen, nur helfen durchzuhalten.«

Agnes Rothmann schluckte die Tablette und richtete das Wort an Visser. »Mein Mann hat recht, unsere Kinder werden von uns auf die Gefahren aufmerksam gemacht. In Sophias Vorschulklasse gab es sogar entsprechenden Aufklärungsunterricht. Sie ist ein gescheites Mädchen.«

»Und Ihr Sohn?«, fragte Visser behutsam nach.

»Er betet seine ältere Schwester an und macht ihr alles nach. Ganz sicher würde er nicht einfach mit einem Fremden mitgehen. Nehmen Sie das etwa an?«

Visser, der keine Veranlassung sah, in dem Punkt etwas zu verheimlichen, antwortete ehrlich: »Es gibt zwei Möglichkeiten. Entweder die Kinder sind freiwillig mit jemandem mitgegangen, dann war es eine Person, die sie kannten. Oder man hat sie auf irgendeine Weise betäubt.«

Erschreckt fuhr Frau Rothmann hoch. »Das war niemand, den wir kennen! Das ist Unsinn, warum sollte ein Freund oder Bekannter so etwas tun?«

»Womöglich, weil er es konnte«, antwortete Visser. »Sehen Sie«, sprach er geduldig weiter: »Wir können davon ausgehen, dass jemand sehr genau wusste, dass Sie und Ihr Mann nicht zu Hause waren. Nichts deutet darauf hin, dass Ihre Kinder gewaltsam entführt wurden. Es gab auch keine Einbruchsspuren.« Er sah kurz zu Link und Strickle und ergänzte: »Keinerlei Spuren von Gegenwehr in den Kinderzimmern. Eher sieht es so aus, als hätte man sie aus den Betten getragen. Es fehlen keine Schuhe der Kinder, dafür die Bettdecken.«

»Musste Doreen deshalb sterben, weil sie das hatte verhindern wollen?«, fragte Agnes Rothmann nun mit heiserer Stimme. »Weil Sie meine Kinder hat retten wollen, etwas, das eigentlich meine Aufgabe gewesen wäre. Ich als Mutter, hätte da sein müssen. Kilian hat gehustet, ich war unsicher, aber Doreen meinte, sie würde sich um ihn kümmern. Er hatte kein Fieber, also dachte ich, zwei Stunden würden nichts ausmachen, aber …« Sie stockte, schluchzte und stammelte unter Tränen: »Ich hätte nicht ins Theater gehen dürfen!«

»Nicht doch«, mischte sich Valera Pfister ein, »wir haben doch darüber gesprochen. Man kann nicht 24 Stunden am Tag nur Mutter sein.«

Agnes schluchzte erneut und Strickle, dem es ein Bedürfnis war, der Frau Trost zu spenden, sagte: »Es ist anzunehmen, dass Sie das nicht hätten verhindern können.« Zwar war Strickle nicht gerade dafür bekannt, besonders zugänglich zu sein, manche bezeichneten ihn sogar als kalt. Aber nur weil er möglichst versuchte, seine Gefühle nicht nach außen zu tragen, besaß er doch sehr viel Mitgefühl.

»Richtig«, stimmte ihm Visser zu. »Ich bitte Sie, darüber nachzudenken, ob es irgendjemanden gibt, der Ihnen oder Ihrer Familie nicht wohlgesonnen ist, ob irgendetwas in den letzten Tagen seltsam, ungewöhnlich anders war.«

»Mir ist nichts aufgefallen. Ich bin nutzlos«, weinte Frau Rothmann.

Dieses Mal mischte sich Hauptkommissar Link ein. »Vielleicht könnten Sie mich freundlicherweise herumführen. Das wäre mir eine große Hilfe, um mir einen Überblick zu verschaffen«, fügte er noch an und tatsächlich erhob sich die Mutter.

»Wenn Sie das für wichtig halten«, reagierte sie unsicher.

»Das tue ich tatsächlich«, gab er liebenswürdig zurück.

Die Psychiaterin wollte sich ebenfalls erheben, aber Link wimmelte sie schnell ab. »Das wird nicht nötig sein. Ich werde Sie rufen, wenn Frau Rothmann Ihren Beistand benötigt.«

Valera nickte und als der Hauptkommissar mit der Mutter das Zimmer verlassen hatte, sagte sie zu Strickle anerkennend: »Ihr Kollege hat genau das Richtige getan. Jetzt wird sich Frau Rothmann nicht mehr so unnütz vorkommen.«

2

Zur gleichen Zeit

In dem Raum war es dunkel. Sophia fröstelte, zog die Decke fester um sich, wollte weiterschlafen – aber plötzlich schien da etwas zu sein, das sie verunsicherte. Der eigenartige Geruch war ihr fremd. In dem Zimmer der Sechsjährigen roch es normalerweise nach Waschmittel und Kirschkaugummi. Aber das, was sie da gerade wahrnahm, erinnerte sie vielmehr an den alten Keller im Haus ihrer Freundin, der so aufregend gruselig gewesen war. Jetzt empfand sie allerdings nicht die Ausgelassenheit von damals, als sie sich vorgestellt hatten, Geisterjäger zu sein, sondern lediglich furchtbare Angst.

»Mama?«, rief sie automatisch und schlug die

Augen auf. »Mama!«, rief sie erneut gequält, denn es bestanden keine Zweifel mehr für die Sechsjährige, dass der Raum, in dem sie sich gerade befand, nicht ihr Zimmer war. Sie blinzelte hektisch und tatsächlich konnte sie etwas erkennen. Eine trübe Campingleuchte an der Decke spendete ein wenig Licht. Sophia hatte keine Ahnung, wo sie sich gerade befand. Sie sprang auf, rannte zur einzigen Tür und hämmerte mit den Fäusten dagegen. Tränen liefen ihr über das Gesicht, während sie, so laut es ihr nur irgendwie möglich war, nach der Mutter schrie.

Beherrscht von Panik und Furcht hatte sie den kleinen Körper, der neben ihr auf der Matratze gelegen hatte, nicht registriert. Erst als sie das Wimmern ihres Bruders Kilian vernahm, begriff sie, dass sie nicht allein in diesem schrecklichen Zimmer gefangen gehalten wurde. Auch wenn ihr das die Angst nicht nehmen konnte, war es für das Kind doch eine Erleichterung. Sophia stürmte zu dem jüngeren Bruder, setzte sich dicht neben ihn und schlang ihre Arme um seinen zitternden Leib. Er drückte sich so fest an die Schwester, dass es fast schmerzte.

»Wo sind wir? Ich habe Angst«, jammerte der Vierjährige.

»Ich auch«, schluchzte Sophia, »aber du weißt doch, was Mama gesagt hat: Ihr müsst zusammenhalten, dann kann euch nichts passieren.«

»Ich halte immer zu dir«, flüsterte Kilian und Sophia antwortete: »Und ich zu dir.«

* * *

Im Haus der Rothmanns

Hauptkommissar Link nahm sich die Zeit, Agnes Rothmann genauer zu betrachten. Die Dreißigjährige sah ausgesprochen hübsch aus. Womöglich ein wenig zu mager und blass, aber dennoch war ihr Gesicht mit der zierlichen Nase und dem schön geschwungenen Mund sehr ansprechend. Automatisch dachte er daran, dass Agnes und Daniel Rothmann ein schönes Paar abgaben. Auch der sechsunddreißigjährige Vater gehörte zu den attraktiven Menschen, nach denen man sich auf der Straße umdrehte.

Sie hatten das Kinderzimmer des Mädchens erreicht und Agnes weinte. »Meine kleine Sophia«, schluchzte sie. »Sie ist so aufgeweckt, so fröhlich, ganz anders als ich. Ich war als Kind schüchtern.«

»Ist sie das?«, fragte Hauptkommissar Link überflüssigerweise, als er eines der Fotos an der Wand betrachtete. Sie zeigten alle ein blondes Mädchen, das lachte und stolz seine Zahnlücke präsentierte.

»Das war im letzten Urlaub, auf Lanzarote. Sophia hat dort das Schwimmen gelernt. Sie ist in allem begabt.«

Link ging weiter und betrachtete die selbstgemalten Bilder. Jemand hatte Abdrücke von Kinderhänden auf dem Zeichenpapier hinterlassen. Die Hände waren dazu in rote Farbe getaucht und anschließend auf das weiße Blatt gedrückt worden. Dabei hatte man die Finger leicht nach außen gespreizt. Nur die Daumen berührten sich, bildeten eine dicke Linie. Eindeutig sollte auf diese Art ein Schmetterling dargestellt werden. Mit einem Stift hatte das Mädchen sogar noch die Fühler hinzugefügt.

»Sophia liebt es, mit den Händen zu arbeiten«, kommentierte die Mutter die Bilder. »Der Schmetterling ist eines ihrer liebsten Motive. Wenn es nach ihr ginge, dann würde sie nur Sachen mit Schmetterlingen darauf anziehen. Nächstes Jahr kommt sie in die Schule und wünscht sich einen *Schmetterlings-Schulranzen*. Ich habe keine Ahnung, wo ich den herbekommen soll.«

Um nicht wieder zu weinen, schnappte sie sich einen Pullover, der achtlos auf den Stuhl geworfen war und legte ihn sorgfältig zusammen.

Währenddessen sah sich Link genau um. Das Kinderzimmer war liebevoll dekoriert und aufgrund der zahlreichen Spielsachen und gut gefüllten

Schränke konnte man davon ausgehen, dass die Eltern ihre Kinder verwöhnten. Das Bett war umgeben von zarten rosa Vorhängen, auf denen kleine Plastikschmetterlinge angebracht waren. Das Kopfkissen lag noch auf der Matratze, die Bettdecke fehlte.

Ein ähnliches Bild bot sich im Zimmer des Jungen. Ganz altmodisch war bei ihm die vorherrschende Farbe Blau.

Obwohl der Hauptkommissar das nicht kommentierte, sagte Agnes, als könne sie seine Gedanken lesen: »Ist heute vermutlich nicht mehr zeitgemäß, die Kinderzimmer in Rosa oder Blau einzurichten.« Sie lächelte und das erste Mal wurde sich Link bewusst, wie jung sie eigentlich noch war.

»Ich dachte, die Zeit kommt früh genug, in der sie sich von mir nichts mehr sagen lassen. Mit sechzehn habe ich mein Zimmer komplett in Schwarz gestrichen, meine Mutter fand das grauenhaft. Ich habe mich vor der Pubertät und der Rebellion meiner Kinder gefürchtet, aber jetzt habe ich einfach nur Angst, das nie erleben zu können.«

Link widersprach sofort: »So etwas dürfen Sie nicht denken. Wir haben gerade erst mit den Ermittlungen begonnen.«

»Sie haben recht, ich sollte die Hoffnung nicht aufgeben, aber so war ich immer schon«, müde setzte sie sich auf Kilians Bett und Link nahm gegenüber auf einem kleinen Kinderstuhl Platz, der gefährlich knarzte, als er das Gewicht des Hauptkommissars aushalten musste.

»Mein Glas war immer halbleer, anstatt halbvoll«, fuhr sie traurig fort. »Ich bin nicht besonders stark, deshalb steht mir Frau Doktor Pfister bei. Sie ist mir eine große Hilfe.«

»Darf ich fragen, warum genau Sie bei ihr in Behandlung sind?«, nutzte Link die Gelegenheit, mehr zu erfahren.

»Es fing mit einer Depression an, nach der Geburt von Kilian. Es war furchtbar. Ich hatte mich so auf mein zweites Kind gefreut und dann, als es da war, da fiel ich regelrecht in ein tiefes, schwarzes Loch. Ich habe mich zu nichts mehr aufraffen können, ständig geweint, war unglücklich und wusste nicht warum. Anfangs hatten alle Verständnis, aber dann mit der Zeit bemerkte ich, wie ich jedem auf die Nerven ging. Daniel hat versucht, es vor mir zu verbergen, aber ich spürte, dass er mich für hysterisch hielt. Er sah mich mit einem bestimmten Blick an, so als wolle er sagen: ›Mensch, reiß dich endlich zusammen.‹ Aber ich konnte das einfach nicht.« Sie atmete geräuschvoll aus. »Es ist angenehm, jemandem sein Herz ausschütten zu können, ohne deshalb ein schlechtes Gewissen zu haben. Bei Frau Doktor Pfister kann ich weinen und mich selbst bemitleiden, ohne mich dafür entschuldigen zu müssen. Am Monatsende genügt es, ihr Honorar zu überweisen.«

»Ihr Sohn wurde vor vier Jahren geboren«, hakte Link vorsichtig nach.

Agnes nickte. »Ja, diese Depression ging auch vorbei«, schnell fügte sie noch an, »dank Frau Doktor Pfister natürlich. Aber als wir einmal angefangen hatten, an meinen Problemen zu arbeiten, da hat sich gezeigt, dass ich weiter ihre Hilfe brauche. Ich bin ihr sehr dankbar, dass sie das heute mit mir durchsteht.«

Bevor Agnes erneut zu weinen begann, schlug Link schnell vor: »Vielleicht zeigen Sie mir noch den unteren Bereich.«

Froh, dadurch abgelenkt zu sein, stimmte die Frau bereitwillig zu und führte den Beamten in die Küche.

Agnes sah zur Spüle und schien für einen winzigen Augenblick irritiert.

»Was ist los?«, hakte Link schnell nach. »Ist Ihnen etwas aufgefallen?«

Agnes winkte ab. »Nein, das ist völlig belanglos«, antwortete ihm die Hausherrin.

»Bitte«, bestand der Hauptkommissar auf eine Antwort. »Alles könnte wichtig sein.«

»Also schön«, antwortete Agnes Rothmann. »Ich habe mich die letzten Male, als Doreen bei uns babygesittet hat, darüber geärgert, dass sie die Küche immer im Chaos hinterließ. Aber heute ist alles aufgeräumt. Kein Geschirr, keine verschmierten Teller oder Gläser. Das ist mir aufgefallen, obwohl das jetzt überhaupt keine Rolle mehr spielt.«

»Haben Sie Doreen deshalb Vorhaltungen gemacht?«, hakte der Beamte dennoch nach.

»Nein, wo denken Sie hin. Wissen Sie, wie schwierig es ist, jemanden zu finden, der solche Jobs übernimmt und den die Kinder auch noch mögen?«

Automatisch ging Link zur Spülmaschine und öffnete die Tür. Sie war leer.

»Haben Sie die Maschine ausgeräumt?«

»Ja, bevor ich ging«, erwiderte Agnes Rothmann.

»Dann hat Doreen vielleicht gar kein Geschirr verwendet und deshalb ist alles sauber«, ließ der Hauptkommissar nicht locker.

»Sie hat gesagt, sie wolle mit den Kindern einen Pudding kochen. Natürlich einen aus der Packung«, erklärte Agnes naserümpfend. »Ich bin ja mehr für frische Produkte, aber den Kindern schmeckt er.« Sie ging zum Mülleimer und ließ den Deckel nach oben schnappen. »Sehen Sie, da ist die Packung.«

Link nahm das mit einem Stirnrunzeln zur Kenntnis und sagte mehr zu sich selbst: »Dann hat sie entweder die Maschine benutzt oder von Hand abgespült.«

»Sieht so aus«, erwiderte Agnes. »Offenbar ist ihr selbst aufgegangen, dass es unhöflich ist, mir jedes

Mal ein Durcheinander in der Küche zu hinterlassen. Allerdings denke ich nicht, dass sie die Spülmaschine benutzt hat. Wir haben eine der neuen Generation. Ist nicht so einfach, wenn man das noch nie gemacht hat«, gab Agnes Auskunft und Link erkundigte sich nun direkt nach der toten Doreen Amlung.

»Erzählen Sie mir von der jungen Frau, wie kam es zu dem Kontakt?«

»Das war eigentlich ein Zufall«, erwiderte Agnes. »Wie ich Ihrem Kollegen, diesem Kommissar Visser, bereits gesagt habe, hat sie sich angeboten.«

»Wann?«, fragte Link überrascht.

»Kurz nach dem Nachbarschaftsfest im Sommer.« Sie bemerkte den fragenden Blick ihres Gegenübers und erklärte: »Einmal im Jahr gibt es das im Viertel. Ein lockeres Zusammensein. Die Anwohner stellen vor ihren Häusern Tische auf, verkaufen Kuchen und Kaffee für einen guten Zweck. Mein Mann hat seinen Weinkeller ausgemistet und damit ein Glücksrad veranstaltet. Ich muss zugeben, vor unserem Haus war ziemlich viel los. Natürlich kamen die Leute auch aus Neugier, um unseren neuen Pool zu begutachten. Doreen war anscheinend auch da und muss irgendwie aufgeschnappt haben, dass ich händeringend einen Babysitter für unsere Theaterabende suche. Jedenfalls tauchte sie drei

Wochen später bei mir auf und bot sich an. Ich war natürlich glücklich, eine junge Frau direkt aus der Nachbarschaft zu haben.«

»Und Sie kamen gut mit ihr aus?«, fasste Link nach.

»Sehr gut, auch wenn sie nicht gerade die Ordentlichste war.« Agnes schnäuzte sich. »Oh Gott, sie hat versucht, unsere Kinder zu beschützen …« Es folgte ein Schluchzen. »Ich sollte nicht so über Doreen sprechen. Ich bin ein furchtbarer Mensch«, fuhr sie aufgelöst fort.

Link beeilte sich, ihr einen Stuhl anzubieten, auf dem sie kopfschüttelnd Platz nahm. »Ich habe bisher noch keine Sekunde daran gedacht, wie das für die Eltern von Doreen sein wird. Sie werden uns die Schuld am Tod ihrer Tochter geben.«

Bevor dem Hauptkommissar tröstende Worte einfielen, tauchte Valera Pfister auf. »Tut mir leid, ich wollte nicht stören«, sagte die sofort entschuldigend.

»Schon in Ordnung«, lenkte Link ein.

Daraufhin eilte die Ärztin zu ihrer Patientin. »Sie sollten versuchen, etwas zu schlafen«, schlug sie der nun vor und legte ihr mütterlich die Hand auf die Schulter.

Link hielt es für angebracht, sich nun zurückzuziehen, um mit der Befragung später fortzufahren.

Ohne Schuldgefühle für sein Eindringen in die Privatsphäre der Rothmanns öffnete er weitere Türen des Erdgeschosses. Das Gebäude war so ungewöhnlich geschnitten, dass er Mühe hatte, sich den Grundriss einzuprägen. Im Wohnzimmer entdeckte er durch die verglaste Front den Garten, der vermutlich ein ganzes Stück größer war, als sich im Schein der Terrassenlampe erkennen ließ. Er sah seinen Kollegen Strickle, der draußen mit dem Vater der Kinder sprach.

* * *

»Meine Frau ist krank«, sagte Daniel Rothmann gerade zu Elias Strickle. »Ich weiß nicht, wie sie das durchstehen soll.«

»Dennoch lehnen Sie die Anwesenheit von Frau Doktor Pfister ab?«, fragte Strickle ganz direkt.

Rothmann legte den Kopf schräg und schien seine Worte abzuwägen, dann antwortete er aufrichtig: »Ich kann diese *Psychotante* nicht leiden.«

»Darf ich fragen, warum?«, bohrte der Hauptkommissar weiter.

»Sie mischt sich für meinen Geschmack zu sehr in unser Leben ein.« Mit gespielt jämmerlicher Stimme äffte er nun seine Frau nach: »Frau Doktor Pfister hat aber gesagt … Frau Doktor Pfister meint … Frau Doktor Pfister ist der Nabel der Welt …«

Wieder in normalem Tonfall ergänzte er: »So geht das ständig. Ich glaube, Agnes entscheidet nicht einmal mehr die Farbe ihres Lippenstifts ohne Rücksprache mit Frau Doktor Pfister.« Er schüttelte wütend den Kopf. »Vielleicht bin ich unsensibel und egoistisch, aber mir wäre es lieber, Agnes würde irgendetwas Unüberlegtes sagen oder tun, anstatt ständig jeden Schritt mit ihrer Psychiaterin zu planen. Meiner Meinung nach reden diese Seelenklempner einem die Probleme so lange ein, bis man selbst daran glaubt, welche zu haben. Dann pfuschen sie weiter in deinem Gehirn und am Ende bist du ein Wrack und von starken Medikamenten abhängig.«

»Ich glaube nicht, dass das so zutrifft«, erlaubte sich Strickle zu widersprechen.

»Nein?«, entgegnete Daniel gereizt. »Dann sehen Sie sich die Nachttischschublade meiner Frau an. Es ist ein Wunder, dass uns nach der Hausdurchsuchung nicht unterstellt wurde, ein Drogenlabor zu betreiben.«

In der Tat war den Kriminaltechnikern der Bestand an Beruhigungs-, Schlaf- und Aufputschtabletten aufgefallen. Die Ärztin hatte allerdings bestätigt, dass alle diese Schachteln legal verschrieben waren.

»Weiß jemand von den Medikamenten?«, fasste der Hauptkommissar nach.

»Sie glauben, die Entführer haben sich dafür interessiert?«

Strickle klärte sein Gegenüber nicht auf, sondern blieb vage, zuckte nur mit den Schultern.

Rothmann antwortete trotzdem: »Ich denke, dass jeder, der meine Frau kannte, davon wusste. Auf Anraten ihrer *Ärztin*«, das letzte Wort betonte er voller Verachtung, »hat sie kein Geheimnis aus dem seelischen Ungleichgewicht gemacht, in dem sie sich seit vier Jahren befindet.«

»Warum waren Sie eigentlich heute nicht mit Ihrer Frau im Theater?«, fragte Strickle harmlos.

»Das habe ich doch schon Ihrem Kollegen gesagt«, knurrte Rothmann und der Hauptkommissar fragte sich, warum der Mann auf eine so simple Frage so empfindlich reagierte.

Dennoch ließ er nicht locker, blickte sein Gegenüber auffordernd an, sodass schließlich widerwillig eine Antwort folgte: »Daran ist nichts Geheimnisvolles. Erstens ist diese Theatergeschichte nicht mein Ding, aber ich komme Agnes zuliebe mit. Und zweitens hat sich kurzfristig ein Auftrag ergeben und ich musste mich mit einem unserer freien Mitarbeiter treffen.«

»Eine gewisse Tilda Furrer«, warf Strickle ein.

»Genau. Was fragen Sie überhaupt, wenn man Sie bereits informiert hat?«

»Ich wundere mich nur, dass Sie von einem

Mitarbeiter und nicht von einer Mitarbeiterin sprechen«, erklärte Strickle.

»Na und, werfen Sie mir jetzt etwa vor, falsch gegendert zu haben?«

»Ich versuche nur, Ihre Kinder zu finden. Das Umfeld der Opfer abzuprüfen, gehört zu meinem Job«, erklärte Strickle ruhig.

Daniel Rothmann hatte eine schnippische Antwort parat, das konnte man ihm ansehen, aber er schluckte sie herunter, entgegnete sogar: »Tut mir leid. Aber dieses Warten und Nichtstun, das bringt mich um den Verstand.«

Im Inneren des Hauses hörte man das Telefon klingeln und sofort waren alle auf den Beinen. Agnes rannte ins Wohnzimmer und erreichte den Apparat vor ihrem Mann. Gerade noch konnte sie sich zurückhalten und wartete, bis ihr der Beamte das Zeichen gab, dann erst nahm sie das Gespräch an. Die Anspannung im Raum war fast fühlbar, dann folgte die Enttäuschung.

Eine Stimme vom Band verkündete: »Bitte legen Sie nicht auf, Sie haben gewonnen.«

Hauptkommissar Vissen stieß daraufhin einen wüsten Fluch aus. »Wenn ihr herausfindet, von wem dieser illegale Werbeanruf mitten in der Nacht stammt, dann sorgt dafür, dass der seines Lebens nicht mehr froh wird.«

Agnes Rothmann begann zu zittern und sofort war Valera Pfister wieder zur Stelle. Daniel Rothmann, der ebenfalls auf seine Frau zugehen wollte, kam zu spät. Die Ärztin hatte sich der Mutter bereits angenommen und führte sie ins Nebenzimmer. »Ich denke, Frau Rothmann braucht ein bisschen Ruhe«, sagte sie in Richtung der Beamten.

»Aber wenn ein Anruf kommt …«, begehrte Agnes kraftlos auf.

»Dann sind Sie gleich nebenan«, beruhigte sie Valera und ihre Patientin gab nach.

3

Es sollte eine lange Nacht werden. Aber nicht das Wachbleiben stellte sich als Problem heraus, sondern das Warten an sich. Mit jeder Minute, die verstrich, ohne dass sich die Entführer meldeten, stieg die Wahrscheinlichkeit, dass die Kinder nicht mehr am Leben waren.

Während Hauptkommissar Vissen und sein Team im Haus der Rothmanns blieben, gönnten sich Strickle und Link zu Hause drei Stunden Schlaf und eine Dusche, bevor sie am nächsten Morgen zur Gerichtsmedizin aufbrachen.

Hannah Baumeister sah ebenfalls nicht so aus, als hätte sie viel geschlafen. Die einundvierzigjährige Gerichtsmedizinerin gähnte und erklärte: »Ich habe alles andere hinten angestellt, damit uns so schnell wie möglich die Ergebnisse im Fall Doreen Amlung vorliegen.«

Sie brauchte nichts weiter hinzuzufügen, denn die beiden Hauptkommissare nickten bereits dankbar. Sie alle wussten, dass jetzt nur das Leben der Kinder zählte und deshalb auch der Mordfall Priorität hatte. Womöglich könnte sie nämlich irgendetwas an der Leiche oder der am Tatort entnommenen Proben zum Täter führen. Leider hatten der Handtascheninhalt und das Handy des Opfers bislang nichts ergeben.

Hannah Baumeister lotste die Kollegen in den Autopsieraum. Die Leiche von Doreen war bis zu den Schultern abgedeckt. Ihre Augen hatte man geschlossen und das Blut aus den Haaren gespült.

»Sie sieht nicht aus wie eine Dreiundzwanzigjährige«, warf Strickle tonlos ein.

»Nein«, bestätigte Hannah, »aber ich kann dir versichern, dass Doreen Amlung durchaus das Leben einer Erwachsenen geführt hat. Sie hat zumindest gelegentlich Alkohol und Drogen konsumiert. Doch nicht in einem Ausmaß, dass sich Organschäden bemerkbar gemacht hätten. Allerdings …«

Hannah hielt kurz inne, schüttelte bedauernd den Kopf und sagte: »Allerdings könnte die Zurückhaltung auch daran gelegen haben, dass die Frau schwanger war.«

Überrascht blickten die Beamten die Gerichtsmedizinerin an.

»Fragt mich jetzt nicht, ob ich mir da sicher bin«, sagte sie mit gespielt strengem Ton.

Beide verkniffen sich genau diese Frage, die ihnen automatisch auf den Lippen lag.

»Wie weit?«, fragte Link stattdessen.

»Zweiter Monat, Anfang dritter. Sie sollte es also bereits gewusst haben.«

»Ihre Eltern wussten es nicht, die haben nichts erwähnt«, warf Strickle ein.

»Oder sie haben es uns verheimlicht«, hielt Link nachdenklich dagegen. »Wir müssen den Vater des Babys ausfindig machen«, fügte er an und stieß geräuschvoll die Luft aus, bevor er gereizt anfügte: »Irgendwas passt hier nicht zusammen.«

* * *

Zur gleichen Zeit

Die Kinder saßen eng umschlungen auf der Matratze, die Bettdecken um sich gewickelt, als ein seltsames Geräusch sie zusammenschrecken ließ; ein Klappern kam von der Tür. Sophia sprang sofort auf, rief um Hilfe und konnte gerade noch sehen, wie der Lichtstrahl, der für einen kurzen Moment den Raum erhellte, wieder verschwand. Er hatte sich durch die Klappe gestohlen, die geöffnet worden war, um Lebensmittel durchzuschieben. Sophia fand zwei Saftflaschen und Schokoladenriegel. Sie sammelte die Sachen auf und brachte sie Kilian, der mittlerweile stark hustete.

»Mein Kopf tut weh«, jammerte er.

Sophia fiel etwas ein und rannte zur Tür. Lauthals schrie sie: »Mein Bruder ist krank, er hat Husten.« Sie wiederholte die Worte mehrmals, hoffte, das könnte helfen und der, der sie hier gefangen hielt, hätte womöglich Mitleid. »Lassen Sie ihn bitte nach Hause gehen«, sagte sie tapfer, obwohl ihr die Vorstellung, dann alleine in diesem Verlies zurückbleiben zu müssen, schreckliche Angst bereitete.

»Ich will nach Hause«, weinte der jüngere Bruder nun und da sich die Tür nicht öffnete, schlurfte Sophia zurück auf die Matratze. »Sieh nur«, versuchte sie, Kilian aufzuheitern. »Das ist Schokolade und Apfelsaft, das schmeckt dir doch.«

Der Bruder antwortete mit einem Wimmern.

»Na los, du musst essen und trinken, damit du wieder gesund wirst«, blieb die Schwester allerdings hartnäckig.

Tatsächlich streckte er die Hand aus und Sophia freute sich, dass sich der Drehverschluss der Flasche so leicht öffnen ließ. Sie nahm einen großen Schluck und reichte den Saft dann weiter an den Bruder. Jeder aß einen Schokoriegel, aber schon bei den letzten Bissen überfiel die Kinder eine bleierne Müdigkeit. Sie waren eingeschlafen, das Schlafmittel im Apfelsaft wirkte.

* * *

Haus der Rothmanns

Als Strickle und Link das Haus der Familie Rothmann erreichten, standen zwar noch zwei zivile Fahrzeuge vor der Einfahrt, aber nichts deutete mehr darauf hin, dass Mitarbeiter des Landeskriminalamtes sie dort geparkt hatten. Die Hauptkommissare waren ein Stück abseits auf einen Parkplatz gefahren, um kein Aufsehen zu erregen. Dennoch war ihnen auf dem Weg zum Haus nicht entgangen, dass sich zahlreiche Vorhänge hoben und man sich nach ihnen umdrehte. Die Nachbarschaft hatte sicherlich bereits von dem Mord an Doreen Amlung erfahren – wie lange würde es dauern, bis sich die Entführung herumsprechen würde?

Hauptkommissar Visser begrüßte sie mit einem Kopfschütteln, was ihnen signalisieren sollte, dass sich die Entführer bisher nicht gemeldet hatten.

»Was gibt es sonst Neues?«, fragte Link und beneidete den Kollegen nicht um seine Aufgabe.

»Die Eltern sind am Ende«, antwortete Visser müde. »Ich habe vorgeschlagen, an die Öffentlichkeit zu gehen. Falls sich die Entführer nicht melden, ist das unsere einzige Chance. Irgendwo muss es einen Zeugen geben, aber das erfahren wir nur, wenn wir die Bevölkerung um Mithilfe bitten.«

»Nachvollziehbar«, stimmte ihm Strickle zu. »Sind die Eltern denn einverstanden?«

»Die Mutter schon, die würde sogar einen Aufruf vor laufender Kamera machen. Aber der Vater weigert sich, hält es für zu gefährlich. Er denkt, wir würden die Entführer damit provozieren.«

»Auch das kann man verstehen«, warf Link ein.

»Jetzt warte ich weiter ab«, erklärte der Kollege vom LKA. »In der Zwischenzeit haben wir versucht, den Ablauf der Entführung nachzustellen. Wir kommen immer wieder zu demselben Schluss.«

Da ihn die Karlsruher Beamten erwartungsvoll ansahen, fasste er noch einmal zusammen: »Doreen Amlung hat dem oder den Tätern geöffnet. Sie sind zur Vordertür rein. Den Wagen haben sie auf dem leeren Stellplatz neben dem Haus geparkt. Die Familienautos waren beide nicht da. Damit ist das

Fahrzeug weg von der Straße und da das Haus das letzte in einer Sackgasse ist, kann man zahlreiche Spaziergänger mitten in der Nacht bei den Temperaturen ausschließen. Doreen öffnet also und wird entweder sofort niedergeschlagen oder aber zunächst getäuscht. Vielleicht sind unsere Entführer ein Pärchen, das glaubhaft vorgab, Freunde der Familie zu sein oder einen Unfall zu haben.«

»Doreen hätte dann im guten Glauben die beiden hereingebeten«, übernahm Link. »Dennoch bleibt die Frage, was die mit ihr vorhatten, wenn der Mord an ihr nicht von Anfang an geplant gewesen war. Ich glaube kaum, dass jemand das Risiko eingegangen wäre, sein Gesicht zu zeigen, wenn derjenige den Babysitter hätte überleben lassen wollen.«

»Dann gehen wir davon aus, dass die Entführer Masken trugen und Doreen gefesselt war beziehungsweise ihr eine Waffe an den Kopf gehalten wurde. Sie tut aber nicht, was man ihr sagt, versucht womöglich, zu fliehen oder sich zu wehren, woraufhin man sie umbringt. Das würde auch die Wut erklären, mit der die Tat begangen wurde. Doreen hat den Plan zunichte gemacht«, spekulierte Strickle.

Niemand widersprach.

»Dann werden die Kinder, die in ihren Betten liegen, betäubt und ins Auto getragen«, nahm Visser den Faden auf. »Dafür könnten die Entführer den

Gartenausgang benutzt haben, direkt hinter dem Stellplatz. Das Auto hätte sie verdeckt und kein Mensch wäre auf die Idee gekommen, dass da gerade zwei Kinder verschleppt werden.« Er überlegte kurz, sagte dann: »So gesehen die einzige logische Erklärung für einen ungeplanten Mord an der Babysitterin: Sie hat Panik bekommen oder die Heldin gespielt und wurde deshalb getötet.«

Strickle stimmte zu, aber Link blieb ungewöhnlich ruhig, was seinen Kollegen veranlasste zu fragen: »Siehst du das anders?«

Der Hauptkommissar machte eine Grimasse; eigentlich widerstrebte es ihm, seine Überlegungen laut auszusprechen, zu viel davon entsprang seinem Bauchgefühl. Aber aufgrund des Zeitdrucks konnte er sich keine Zögerlichkeit erlauben. Deshalb antwortete er trotz seiner Bedenken: »Wir haben eine Möglichkeit bisher außer Acht gelassen«, erklärte er, »was, wenn Doreen Komplizin war? Es gab Streit und sie wurde deshalb getötet.«

Seine Kollegen schienen daran noch nicht gedacht zu haben, weshalb Strickle überrascht fragte: »Wie kommst du darauf?«

Link fühlte sich nicht wohl in seiner Haut, entgegnete: »Die Spülmaschine und die Schwangerschaft«, sagte er, was seinem Gegenüber ein ungläubiges »Hä?« entlockte.

Link holte weiter aus. »Frau Rothmann erzählte

mir, dass Doreen nie das Geschirr aufgeräumt hätte. Gestern hat sie offensichtlich einen Pudding für die Kinder gekocht und anschließend war alles blitzblank geputzt. Und ich meine nicht, dass sie dreckige Gläser und Schüsseln in die Spülmaschine gesetzt hat. Wie es aussieht, hat sie alles abgewaschen und abgetrocknet und in die Schränke geräumt.«

Visser reagierte überrascht. »Dann hat sie eben in einem Anflug von Langeweile oder Fleiß die Hausfrau gespielt.«

»Sicher«, lenkte Link ein, »aber der erledigte Abwasch hätte auch zum Ziel haben können, Spuren zu verwischen. Wie einfach wäre es denn, den Kindern das Betäubungsmittel in einem Schokoladenpudding zu geben? Womöglich hat Doreen sogar die Tabletten der Mutter dazu verwendet.«

»Bei der Menge an Medikamenten würde die es gewiss nicht merken, wenn etwas fehlt«, erwiderte Visser nachdenklich.

Link erzählte von der festgestellten Schwangerschaft und meinte dann: »Die Eltern des Opfers wussten nicht, dass Doreen ihr Enkelkind erwartet, zumindest hat der Vater nichts gesagt. Wenn das Mädchen sich denen nicht anvertraut hat, könnte das bedeuten, dass die Beziehung zum Kindsvater nicht ganz einfach ist. Was, wenn sie sich mit dem falschen Mann eingelassen hat? Eventuell ein Krimineller, der sie überzeugt hat, ihm zu helfen. Womöglich kam die Idee auch von ihr. Es gab bei den Amlungs Diskussionen wegen des Geldes, vielleicht wollte sie sich und ihr Kind finanziell abgesichert wissen.«

»Bisher hat das Labor weder auf dem Handy noch auf dem Laptop der Frau etwas Offensichtliches entdeckt, das uns zu einem heimlichen Liebhaber, geschweige denn Komplizen führen würde«, hielt Strickle dagegen.

»Das muss nichts bedeuten«, mischte sich Visser ein. »Erinnert euch daran, was ich über die Vorarbeit bei einer Entführung gesagt habe.« An den Gesichtern der beiden erkannte er, dass sie wussten, wovon er sprach, trotzdem wiederholte er seine Worte noch einmal: »Eine Entführung benötigt eine lange und genaue Planungsphase, wie gesagt. Wenn es mehrere Täter gibt, und die Möglichkeit besteht in diesem Fall ja, dann werden die alles daran setzen, dass wir nie eine Verbindung zwischen ihnen entdecken werden. Dazu gehört auch, seine digitalen Spuren zu verwischen oder erst gar keine entstehen zu lassen.«

»Wir haben ein Team darauf angesetzt, alles über Doreen Amlung zu erfahren. Die Befragungen von Freunden und Bekannten laufen, ich denke, wir werden bis heute Abend schon mehr wissen«, erklärte Strickle. »Die Kriminaltechnik nimmt noch ihr Zimmer unter die Lupe und wenn die Mutter aus dem Krankenhaus entlassen wird, können wir auch mit ihr sprechen. Der Gynäkologe von Doreen wird uns sicher ebenfalls Auskunft geben, jetzt, wo seine Patientin tot ist. Wir sollten …« Weiter kam Strickle nicht, denn im Eingangsbereich des Hauses entstand ein Tumult. Die drei Beamten hatten sich in einem Gästezimmer unterhalten, das ihnen Daniel Rothmann zur Verfügung gestellt hatte – nun eilten sie schnell nach draußen.

4

»Lassen Sie mich durch, ich muss sofort zu meiner Schwester«, rief ein Mann und wehrte sich gegen den Griff des Beamten, der ihn im Eingangsbereich festhielt.

»Er sagt, er sei der Bruder von Frau Rothmann«, rief der nun in Richtung Visser.

»Haben Sie einen Ausweis dabei?«, fragte der Kriminalbeamte des LKA, aber da tauchte auch schon Agnes Rothmann auf.

»Ingo?«, rief sie überrascht aus, »was machst du denn hier?«

»Lassen Sie mich endlich los«, blaffte der so Angesprochene und auf Vissers Nachfragen bestätigte Agnes, dass es sich bei dem Mann um ihren Bruder handle.

»Was ich hier mache?«, reagierte der nun ärgerlich. »Ich wollte nach euch sehen, nachdem ich diesen grässlichen Wisch heute Morgen in meinem Briefkasten gefunden habe.« Und als würde ihn plötzlich ein harter Faustschlag treffen, taumelte er einige Schritte rückwärts. »Die Polizei im Haus …«, stammelte er, »dann ist das also kein schlechter Scherz«, fuhr er schockiert fort und wedelte mit dem zusammengefalteten Papier in seiner Hand. Ernst sagte er in Richtung Visser: »Ich nehme an, Sie sind hier zuständig. Dann ist das für Sie.« Damit reichte er dem Beamten das Papier und eilte zu seiner Schwester. »Agnes«, sagte er zärtlich und schloss sie in die Arme. »Es ist also wahr, Sophia und Kilian sind in Gefahr. Warum hast du mich denn nicht verständigt?«

»Wir sollten niemandem davon erzählen.« Sie weinte, während sie sich an die Schulter des Bruders drückte.

Link schätzte den Mann auf Anfang dreißig, wenig älter als Agnes. Die Geschwister sahen sich sehr ähnlich, allerdings war Ingos Gesicht braun gebrannt; entweder von einem Winterurlaub in der Karibik oder von der Höhensonne. Für weitere Beobachtungen blieb keine Zeit, denn die Türklingel kündigte einen weiteren Besucher an. Valera Pfister, Frau Rothmanns Psychiaterin, stand vor der Tür. Auch sie hatte fast die ganze Nacht bei der Familie verbracht und sich nur wenige Stunden in ihr eigenes Zuhause zurückgezogen. Trotzdem sah sie im Gegensatz zu allen anderen regelrecht strahlend aus.

Auch Ingo Hauser entging das nicht und er vergaß offenbar die Entführung. Dafür warf er auffallend interessierte Blicke zu der Ärztin, sodass sich Link unwillkürlich fragen musste, ob dessen Anteilnahme wirklich so groß war, wie eben bekundet.

Agnes stellte ihren Bruder vor und war auch dieses Mal voller Dankbarkeit gegenüber der Ärztin. »Ich bin so froh, dass Sie da sind«, sagte sie und streckte die Hand Richtung Valera aus, die diese sofort ergriff.

»Ist etwas passiert?«, fragte sie und suchte vor allem den Blick von Hauptkommissar Visser, der allerdings nicht aufsah, sondern das Blatt Papier studierte, dass ihm Ingo Hauser überreicht hatte.

In diesem Augenblick betrat auch Daniel Rothmann den Eingangsbereich. Angespannt begutachtete er die Neuankömmlinge und wirkte weder von Ingo Hausers Besuch noch von dem der Psychiaterin sonderlich begeistert. Auch Link und Strickle begrüßte er nicht, fragte stattdessen scharf: »Erklärt mir bitte mal jemand, was hier los ist? Immerhin bin ich der Vater der Kinder, da wäre es …«

Visser unterbrach ihn, deutete auf das Papier: »Das fand Ihr Schwager in seinem Briefkasten.«

»Ich habe es angefasst, ich wusste ja nicht, was es war. Und als ich das las, machte ich mir Sorgen, auch wenn ich bis eben noch dachte, das wäre ein schlechter Scherz. Deshalb kam ich direkt hierher.«

»Sie hätten auch anrufen können«, warf Link ein.

»Ich kenne meine Schwester, ich weiß, wie sensibel sie ist. So etwas würde ich nicht am Telefon mit ihr besprechen«, entgegnete Ingo unfreundlich.

»Was steht da?«, schnauzte Daniel Rothmann. »Ich will jetzt sofort wissen, was da steht!«

Es war Visser, der mit monotoner Stimme die wenigen Sätze auf dem Ausdruck laut vorlas: *»Agnes und Daniel Rothmann! Letzte Warnung, schicken Sie die Polizei weg, sonst werden Sie es bereuen. Wir wollen eine Million Euro im Austausch für Ihre Kinder. Wann und wo die Übergabe stattfinden wird, teilen wir Ihnen noch mit.«*

»Oh mein Gott«, brach es aus Agnes heraus, während Daniel wütend mit der Faust gegen die Wand schlug.

»Verdammt«, brüllte er dabei, »Sie sollten verschwinden, reicht Ihnen das denn nicht?«

»Herr Rothmann«, versuchte es Visser in Ruhe,

»Ihre Kinder haben mit uns eine größere Chance. Glauben Sie mir, wir können helfen.«

Voller Wut drehte sich Daniel zu dem Polizisten. Im ersten Moment sah es so aus, als würde er ihn schlagen, aber stattdessen brach er einfach zusammen. Er rutschte an der Wand entlang auf den Boden, winkelte die Beine an, schlang die Arme darum, senkte den Kopf auf die Knie und begann zu weinen. »Woher soll ich das Geld nehmen?«, schluchzte er laut. »Ich kann das nicht bezahlen.«

Agnes wirkte verdutzt, »aber das Haus, wir können das Haus beleihen«, entgegnete sie.

»Ach, und was ist mit dem Komplettumbau der Innenräume, den Kaminöfen, der Tropical-Terrasse, dem Spa-Bereich im Keller und dem Schwimmbad im Garten? Was denkst du, wie sich deine Wünsche finanziert haben?«

Agnes stieß einen spitzen Schrei aus und Ingo Hauser blaffte: »Was fällt dir ein, so mit meiner Schwester zu sprechen.«

»Halt den Mund, du Schmarotzer«, konterte Rothmann und Hauptkommissar Link hielt es für das Beste, die Anwesenden aufzufordern, sich zurückzuziehen.

Als alle verschwunden waren, reichte er Rothmann seine Hand und sagte verständnisvoll: »Kommen Sie, gehen wir ein paar Schritte im Garten.«

Ohne Widerworte ergriff Daniel die Hand und ließ sich beim Aufstehen helfen. Kurze Zeit später atmeten sie kalte Luft ein. Es war ein schöner Morgen, frostig, aber mit blauem Himmel und Sonnenschein.

Schwer vorstellbar, dass an einem solchen Tag so viel Schlimmes passiert, dachte der Hauptkommissar und ließ Daniel Zeit, sich zu schnäuzen und die Tränen abzuwischen.

»Das Haus gehört meiner Frau, sie hat es von den Eltern geerbt. Ich habe sie angefleht, es zu verkaufen. Wir sind vier Personen, die Kinder werden erwachsen und gehen ihre eigenen Wege. Vor vier Jahren hätten wir es auch ohne all die Sanierungen zu einem Spitzenpreis verkaufen können. Ich hatte schon ein Angebot für eine Wohnung. Neubau, alles nach den aktuellen Richtlinien, keine Kosten für die nächsten zwanzig Jahre und wir hätten immer noch eine ordentliche Summe vom Hausverkauf übrig gehabt. Mit einer Wohnung, anstatt diesem übertriebenen Palast wäre niemand auf die Idee gekommen, dass wir einfach so eine Million Euro auf den Tisch legen könnten. Aber nein, Agnes wollte dieses verfluchte Haus behalten und die Pfister hat sie darin noch bestärkt. Nachdem Kilian auf der Welt war, ging es meiner Frau nicht gut. Als sie sich dann gefangen hatte, begann das mit dem Umbau. Die Zinsen für den Kredit fressen uns auf und jetzt müssen wir doch verkaufen, sicher unter Wert, weil es eilt. Dabei können wir froh sein, wenn wir siebenhunderttausend bekommen.« Plötzlich blieb er erschreckt stehen. »Sie dürfen nicht denken, dass es mir ums Geld geht«, erklärte er hektisch. »Von mir aus kann alles weg, wenn es mir nur meine Kinder zurückbringt.«

»Herr Rothmann«, hinter ihnen tauchte Valera Pfister auf, »Ihre Frau würde gerne mit Ihnen sprechen. Ich denke, es ist wichtig.«

Daniel folgte der Aufforderung und verabschiedete sich von Link mit einem Nicken. Ohne sie eines Blickes zu würdigen, ging er jedoch an der Psychiaterin vorbei. Die blieb reglos stehen und verzog schließlich ihren hübschen Mund zu einem mitleidigen Lächeln.

»Zuerst flehen sie mich an, ihre Partner zu retten und wenn ich das dann tue, dann sind sie sauer auf mich.«

»Woran liegt das?«, stieg Link darauf ein.

»Daran, dass der Schlüssel zur Heilung meistens in der Veränderung liegt. Der Patient verändert sich, seine Gewohnheiten, seine Wünsche und Prioritäten.«

Link zeigte sich interessiert und Valera war gerne bereit, weiter auszuholen.

»Wenn jemand mental in ein tiefes Loch fällt, dann kann er sich am Ende nur selbst wieder an die

Oberfläche ziehen. Stellen Sie sich die Depression wie einen Brunnenschacht vor. Um ihn nach oben zu klettern, wenn Sie ganz unten festsitzen, brauchen Sie verschiedene Dinge, die Sie alle in ihrer Tasche neben sich haben, aber das ist Ihnen nicht klar. Ich bin lediglich diejenige, die Ihnen von oben zuruft: ›Verdammt noch mal, öffnen Sie die Tasche.‹«

Link lachte auf und Valera schmunzelte ebenfalls, ergänzte: »Natürlich mit mehr Geduld. Aber wenn das gelingt und Sie öffnen die Tasche, dann finden Sie dort ein Steigeisen, ein Seil, eine Taschenlampe und erkämpfen sich den Weg in die Freiheit, Meter für Meter. Jeder kann etwas anderes in besagter Tasche haben. Manchmal findet eine Frau dort die Kraft, sich endlich von ihrem gewalttätigen Partner zu trennen, eine andere den Wunsch, sich einen Traum zu erfüllen oder sich zu verändern, einen anderen Weg zu gehen. Sie kriecht also aus dem Brunnen, ist aber nicht mehr dieselbe wie zuvor. Sie hat sich während ihrer Klettertour verändert und das nimmt man mir dann übel, aber das ist eben der Weg der Heilung.«

»Ich glaube, so anschaulich hat mir das noch nie jemand erklärt«, erwiderte Link mit ehrlicher Anerkennung. »Sie sind sicher sehr gut in Ihrem Beruf«, fügte er an und es sollte eine Feststellung, keine Schmeichelei sein.

»Ich sehe viel Schmerz, genau wie Sie«, erwiderte sie daraufhin. »Nur dass ich es noch in der Hand habe, daran etwas zu ändern. Dabei geht es mir nur um das Wohl meiner Patienten, gereizte Angehörige interessieren mich nicht«, fügte sie leidenschaftlich an und sah nun bedauernd zu dem Hauptkommissar. »Ich nehme an, Sie kennen den tiefen Brunnen auch.«

»Vermutlich kennen wir den alle«, gab der ohne Umschweife zu. »Bisher bin ich zum Glück immer noch von alleine wieder rausgekommen«, erwiderte er mit einem Seufzer.

»Wenn das einmal nicht mehr funktioniert, wissen Sie ja, wo Sie mich finden.«

Die Ärztin lächelte erneut und die Sonne funkelte in ihrem Haar.

Sie ist wirklich eine schöne Frau, dachte Link und fragte neugierig: »Sind Sie eigentlich in einer Beziehung?« Er wusste selbst nicht so genau, warum er sich dafür interessierte, vermutlich, weil er sich über die Rolle von Valera Pfister im Hause Rothmann noch nicht im Klaren war.

»Nein, dafür war bisher keine Zeit«, sagte sie etwas schnippisch. »Ich nehme nicht an, dass Sie mich das fragen, weil Sie mit mir ausgehen möchten.« Link ließ das offen und sie fuhr fort: »Kann es sein, dass Sie mich gerade verhören?«

»Das ist vermutlich so wahrscheinlich wie der

Umstand, dass Sie mich gerade analysieren«, antwortete der Hauptkommissar und Valera reagierte amüsiert.

»Lassen Sie uns hineingehen«, sagte Link schließlich, »ich denke, dass wir dort gebraucht werden.«

* * *

Im Haus wurden die Beamten erneut Zeugen einer unschönen Szene. Die Entführung hatte letzte Nacht stattgefunden, seither hatte kaum jemand geschlafen und die Eltern lebten in grausamer Ungewissheit. Noch dazu standen Agnes und Daniel Rothmann plötzlich vor einem finanziellen Problem.

»Wir können die Autos verkaufen, meinen Schmuck und ich weiß, dass das Bild im Wohnzimmer, die englische Landschaft, etwas wert ist«, bemühte sich Agnes um Lösungen, während ihr Ehemann wie eine hängende Schallplatte die Worte »Das wird nicht ausreichen« wiederholte.

»Es muss reichen, es muss einfach«, schluchzte Agnes und wandte sich an ihren Bruder: »Ingo, du musst uns etwas leihen, wir zahlen es zurück, mit Zins.«

»Das würde ich gerne, aber ich verfüge momentan über keine flüssigen Mittel«, antwortete der verlegen.

»Dein Haus«, hakte Agnes atemlos nach. »Das ist doch bestimmt eine Million wert, oder?«

Ingo lachte bitter auf. »Das ist es vermutlich, aber es gehört quasi der Bank.«

»Was?«, hauchte seine Schwester entsetzt, während Daniel zynisch erklärte: »Über euren Verhältnissen zu leben, scheint ja eine Familienkrankheit zu sein.«

»Offenbar bist du ja auch nicht das große Finanzgenie, sonst hättest du genug Geld, um deine Kinder freizukaufen«, schleuderte ihm der Schwager wütend entgegen.

Es war vermutlich der Geistesgegenwart von Hauptkommissar Strickle geschuldet, dass Daniel den Faustschlag, den er in Ingos Gesicht platzieren wollte, nicht ausführen konnte. Dennoch schrie er: »Du Penner, hast in deinem ganzen Leben noch keinen Finger krumm gemacht und willst mir etwas von Finanzen erzählen.«

Das »Beruhigen Sie sich, Herr Rothmann« ging in der Antwort von Ingo Hauser unter.

Wütend entgegnete der: »Wenigstens lasse ich meine Familie nicht im Stich.«

Agnes mischte sich ein, bat ihren Bruder zu schweigen.

»Wenigstens leiste ich etwas und lebe nicht nur vom Erbe meiner Eltern. Für was ist dein Geld denn draufgegangen?«, fragte Daniel daraufhin provozierend. »Für Nutten, Alkohol und Spinnereien«, gab er sich selbst Antwort.

»Hör auf damit«, schrie nun Agnes und obwohl man ihr anmerkte, dass sie am Ende ihrer Kräfte war, klangen ihre Worte wie eine letzte Warnung.

Ihr Ehemann schluckte die nächste verbale Attacke gegen Ingo herunter, wandte sich dann jedoch an seine Frau: »Wie gewöhnlich nimmst du ihn in Schutz«, erwiderte er um Gelassenheit bemüht.

Hauptkommissar Visser mischte sich ein, während Valera Pfister den Streit aufmerksam beobachtete, ohne etwas zu sagen.

»Sie sollten sich überlegen, wie wir weiter vorgehen«, sagte der Mann vom Landeskriminalamt. »Ich denke, wir müssen an die Öffentlichkeit gehen. Das ist wichtig, um Zeit zu gewinnen. Wenden Sie sich direkt an die Entführer und erklären Sie denen Ihre finanzielle Situation. Womöglich hilft das, und man lässt Ihre Kinder frei. Offenbar sind die Täter einem Irrtum erlegen und dachten, es wäre für Sie ein Leichtes, eine Million Euro aufzutreiben.«

Daniel begann wieder, hin und her zu tigern. »Sieht so aus, als wäre es dir gelungen, die Illusion von den reichen Rothmanns aufrechtzuerhalten«, wandte er sich erneut an seine Frau.

Agnes ließ sich schluchzend auf den Sessel fallen,

das war der Moment, in dem die Ärztin sich an ihre Seite setzte und beruhigend auf sie einsprach.

»Wie viel Geld könnten Sie denn auftreiben?«, fragte nun Hauptkommissar Link und beobachtete genau die Gesichter der Anwesenden. Dabei fiel ihm auf, dass sich Valera Pfister nicht für die Antwort zu interessieren schien, während der Bruder fast schon lauernd seinen Schwager anstarrte.

»Vielleicht achtzigtausend sofort. Vom Hausverkauf blieben uns etwa zweihundertachtzig bis dreihunderttausend, wenn wir einen großzügigen Käufer finden. Realistisch sind eher zweihundertfünfzig und ich weiß nicht, was die Bank noch verlangt.«

»Sie sind selbstständig, was ist mit Firmenvermögen?«, wollte es Link nun genauer wissen.

»Ich bin Unternehmensberater im Bereich der Softwareentwicklung und betreue Firmen bei Marketingmaßnahmen. Der Boom ist vorbei, bei Dienstleistungen wird zuerst gespart. Die Firmen nutzen, was sie haben, verspüren kein Interesse an Innovationen oder teurer Werbung, deren Erfolg sich nicht messen lässt. Ich bin jeden Tag am Kämpfen. Die achtzigtausend sind meine Reserve für schlechte Zeiten, damit ich wenigstens mein Personal bezahlen kann. Mehr habe ich nicht.« Ihm fiel es schwer, nicht erneut zusammenzubrechen, er wischte sich über die Augen und blieb dann vor Hauptkommissar Visser stehen. »Einverstanden, gehen wir an die Öffentlichkeit. Ich habe kein Problem damit, der Welt zu sagen, wie es um uns finanziell steht. Wenn das der Preis ist, meine Kinder lebendig wiederzusehen, bezahle ich den gern.«

5

Valera Pfister hatte als Psychiaterin gelernt, Menschen zu beobachten. Sie hatte eine ziemlich klare Meinung von Agnes' Ehemann, schließlich kannte sie durch die vielen Sitzungen mit ihrer Patientin die meisten Details der Ehe. Auch über den Bruder Ingo Hauser wusste sie Bescheid und auch der war kein besonders großes Rätsel. Am meisten erstaunte sie bei Agnes, dass die offenbar unfähig war, Männer zu durchschauen, selbst die in ihrer nächsten Umgebung. Alles, was Valera bisher erfahren hatte, schrie förmlich nach Ausnutzung. Aber es war nicht die Aufgabe der Ärztin, die Patientin zu warnen, sondern ihr zu helfen, die Dinge selbst zu erkennen.

Normalerweise machte sie auch keine Hausbesuche, ihr Terminkalender war prall gefüllt, und es hatte einiges an Geschick bedurft, sich für die nächsten Tage Freiräume zu schaffen. Sie hatte mehrere ihrer Termine auf das Wochenende und den späten Abend verlegen müssen. Ganz uneigennützig war ihr Engagement im Haus der Rothmanns allerdings nicht. Für Valera war diese Situation, auch wenn sie das niemals laut ausgesprochen hätte, natürlich auch eine Gelegenheit, als Psychiaterin zu recherchieren. Verschiedene Menschen in einer extremen Situation auf engstem Raum eingepfercht und quasi zur Untätigkeit verdammt, lieferten jede Menge Erkenntnisse.

Deshalb nutzte sie auch die Ruhepause, die sie Agnes verordnet hatte, um sich mit den anderen zu unterhalten, soweit das möglich war. Hauptkommissar Link schien ein äußerst stabiler Typ. Lohnenswerter fand sie den Bruder Ingo Hauser. Sie hatte bereits bemerkt, dass der Mann unter enormer Anspannung stand und konnte einfach nicht glauben, dass das nur mit der Entführung seines Neffen und seiner Nichte zu tun hatte. Valera hatte sich immerhin aufgrund von Agnes' Beschreibungen ein klares Bild von ihm gemacht: Narzisst, Egoist und vermutlich neigte er auch zur Unbarmherzigkeit. Wenn er etwas brauchte, dann nötigte er Agnes, suchte ihr Verständnis, ihren Zuspruch – und auch ihr Geld. Wenn er dann ihre Kraft ausgesaugt hatte wie ein

Vampir das Blut seiner Opfer, verschwand er wieder aus dem Leben der Schwester. Ihn kümmerte es nicht, wie es Agnes ging, sein einziges Interesse galt ihm selbst.

Valera hatte Ingo die Treppe nach oben gehen sehen und einer spontanen Eingebung folgend, beschloss sie, ihm hinterherzuschleichen.

Sie hörte Geräusche aus dem Badezimmer und sah, dass die Tür nur angelehnt war. Durch einen Spalt beobachtete sie, wie er am Spiegelschrank über dem Waschbecken hantierte und etwas einsteckte.

Als sie nun ohne Vorwarnung eintrat, schrak er zusammen und verzog schließlich ärgerlich das Gesicht.

»Oh«, rief sie zuckersüß, »die Tür stand offen, ich wollte auf die Toilette.«

»Ist unten besetzt?«, knurrte er zunächst, entspannte dann aber, als sie ihm einen ihrer unschuldigsten Blicke zuwarf und verlegen sagte: »Ich habe Sie gestört, das tut mir leid. Ich dachte, ich überlasse den Beamten das Bad im Erdgeschoss.«

Offenbar beschloss er daraufhin, seine Strategie zu ändern und spielte nun den Charmanten. »Nein, mir tut es leid. Ich war unfreundlich, diese Ungewissheit zerrt an meinen Nerven. Ich hab etwas gegen Kopfschmerzen gesucht«, erklärte er bereitwillig. »Ich hoffe, Sie verzeihen mir.« Er strahlte sie verführerisch an und Valera ahnte, was nun folgen sollte.

»Ich würde das gerne wieder gutmachen«, fuhr er sehr durchschaubar fort. »Vielleicht bei einem Kaffee? Ich wollte dem hier kurz entfliehen, wenn Sie mich begleiten möchten?«

»Das ist sehr nett«, log die Ärztin und klopfte sich gedanklich dafür auf die Schulter, dass sie diesen Typen völlig richtig eingeschätzt hatte. Selbst im Moment eines großen Unglücks baggerte er sie an. Im Prinzip war ihm völlig egal, wie es seiner Schwester oder deren Kindern ging.

»Ich bin momentan sehr eingebunden, vielleicht ein anderes Mal«, vermied sie eine direkte Abfuhr, denn noch mehr schlechte Schwingungen konnte das Haus wirklich nicht vertragen.

Sie lächelte auffordernd, ließ ihren Blick sogar zur Tür wandern und endlich begriff er und scherzte: »Oh, Verzeihung, ich sollte jetzt gehen.«

Sie nickte nur und schenkte ihm ein freundliches Lächeln, während er das Badezimmer verließ.

Kaum war er draußen, schloss sie ab und betrachtete sich im Spiegelschrank, aus dem sich Ingo Hauser eben noch bedient hatte. Dabei zuckte sie gelassen mit den Schultern bei dem Gedanken daran, wie durchschaubar Ingo Hauser doch war.

* * *

Während Hauptkommissar Visser das Ehepaar Rothmann auf den Pressetermin vorbereitete, erreichten Link und Strickle das Haus der Familie Amlung. Am Morgen war die Mutter der toten Doreen auf eigenen Wunsch aus dem Krankenhaus entlassen worden und hatte sich bereit erklärt, mit den Beamten zu sprechen.

Sie saß wie eine alte Frau auf der Couch, eingewickelt in eine Decke. Zwei Kissen stützten ihren Rücken, die Augen waren verweint, das Gesicht bleich und um Jahre gealtert.

Nora Amlung blickte nicht auf, als die beiden Hauptkommissare eintraten.

Ihr Ehemann, Xaver, berührte sie an der Schulter, flüsterte: »Liebes, die Polizisten sind da. Wird es denn gehen?«

Daraufhin schien die Frau aus einer Art Trance zu erwachen. »Die Polizei?«, fragte sie mit schwacher Stimme, dann sprach sie lauter, drehte den Kopf in Richtung der Beamten und meinte: »Es wird gehen.«

Link setzte sich auf einen der Sessel, obwohl man ihn nicht dazu aufgefordert hatte. Allerdings erwartete er auch nicht, dass das trauernde Ehepaar in der Lage war, der gesellschaftlichen Etikette gerecht zu werden. Strickle tat es ihm gleich, würde sich jedoch mit Fragen zunächst zurückhalten, so wie vereinbart.

»Frau Amlung, wussten Sie, dass Ihre Tochter schwanger war?«, hielt sich Link nicht mit Vorgeplänkel auf.

Während der Vater aufgebracht reagierte und rief: »Was soll das heißen?«, begann die Mutter zu weinen. »Ich hätte sie zur Rede stellen müssen«, fuhr sie unglücklich fort.

Behutsam hakte Link nach: »Sie haben es also gewusst.«

Müde nickte Nora und mit jeder Kopfbewegung tropften Tränen auf ihren altrosa Pullover und hinterließen dort dunkle Flecken.

»Unser Kind war schwanger und du hast mir nichts gesagt?«, fragte der Vater verständnislos. Mit zitternden Knien ließ er sich auf einem Stuhl am Esstisch nieder. Offenbar erwartete er keine Antwort, denn er hakte nicht noch einmal nach, sondern murmelte leise vor sich hin und schüttelte dabei ständig den Kopf.

Link jedoch ließ nicht locker. »Sie müssen mir alles erzählen, was Sie wissen, sonst können wir den, der sie getötet hat, niemals zur Verantwortung ziehen.«

»Sie hat mir nichts erzählt«, antwortete Nora Amlung unerwartet schroff. »Ich habe ihr geglaubt und es dabei belassen.«

»*Was* haben Sie ihr geglaubt?«, fasste Link nach.

»Dass alles gut wird«, hauchte die Mutter von Doreen und wieder flossen die Tränen.

»Sie hat gesagt, alles würde gut werden. Sie hätte einen Mann gefunden, der sie liebt, einen *richtigen* Mann.«

»Wie hat sie das gemeint?«, mischte sich nun doch Strickle ein. »Was war für Doreen ein richtiger Mann?«

Die Mutter atmete schwer, so als würde ihr Sauerstoff fehlen, die Beamten warteten ab. Schließlich fand sie die passenden Worte: »Ich nehme an, er war muskulös, vielleicht auch älter, kräftig, stark, selbstbewusst. Doreens letzter Freund war ein magerer Kerl, noch mitten in seiner Ausbildung. Ein netter Junge, dieser Felix Weinstedt, aber eben ein Junge. Der war meiner Doreen gar nicht gewachsen. Als sie sich von ihm getrennt hat, saß er weinend bei mir in der Küche.« Plötzlich lachte Nora auf. »Meine Tochter wurde geliebt, von allen.«

»Wann fand diese Trennung denn statt?«

»Kurz nachdem Doreen angefangen hatte, regelmäßig den Babysitter bei den Rothmanns zu spielen.« In ihrer Stimme schwang Verachtung mit, sodass Link gar nicht anders konnte, als zu fragen: »Waren Sie damit denn nicht einverstanden? Ihr Mann sagte uns, die Rothmanns wären anständige

Leute«, provozierte der Hauptkommissar sein Gegenüber.

»Pah, Angeber sind das, nichts weiter«, sprudelten die Worte voller Abscheu aus Nora heraus. »Fühlen sich wie das Königspaar unseres Viertels. Deshalb haben die sich ja auch diesen Palast eingerichtet. Mit Pool, was für eine Idiotie. Warum sind die dann nicht gleich in ein richtiges Villenviertel gezogen, wo jeder sein eigenes kleines Schloss hinter hohen Mauern verwaltet?« Sie blickte Link herausfordernd an, bevor sie sich selbst die Antwort gab. »Da wären sie nur irgendwelche Reiche unter anderen Reichen gewesen. Aber bei uns«, sagte sie nun boshaft, »da können sie aus der Masse hervorstechen. Da hören sich die Leute beim Nachbarschaftsfest noch voller Bewunderung die Reisegeschichten der Familie Rothmann an und fühlen sich geschmeichelt, wenn sie eingeladen werden, den Pool zu besichtigen.«

Ihr vorwurfsvoller Blick wanderte zu Xaver.

»Und dennoch hat Doreen für die Rothmanns gearbeitet«, erinnerte sie Link.

»Ja«, schnappte die Frau, »aber das waren nur wenige Abende und lange wäre sie auch nicht mehr geblieben.« Dieses Mal musste der Hauptkommissar nicht nachhaken, denn Nora erzählte bereitwillig: »Sie hat gesagt, dass sie künftig versorgt wäre, sie und das Baby, und der Mann sie auch bestimmt heiraten würde.«

»Denken Sie, das entsprach der Realität?«

»Sie war überzeugt davon«, reagierte Nora gereizt, wich einer direkten Antwort allerdings aus.

»Aber Sie als Mutter hatten Zweifel«, hakte Link deshalb nach.

»Natürlich hatte ich die. Meine Tochter war ein gutes Kind und gute Menschen werden ausgenutzt. Dieser Mann war vermutlich älter und erfahrener als meine Doreen. Es ist ja nicht neu, dass Männer den Frauen Versprechungen machen, die sie später nicht halten. Auch hatte ich den Eindruck, dass sie ihm noch nichts von der Schwangerschaft erzählt hat, sonst wäre er doch längst einmal bei uns aufgetaucht, oder?« Ihr Blick suchte den des Hauptkommissars. »Wenn Sie es genau wissen möchten, dann habe ich befürchtet, dass Doreens neuer Freund womöglich verheiratet ist.«

»Das würde die Heimlichtuerei erklären«, warf Strickle ein und fragte: »Hatten Sie jemals einen Verdacht, wer dieser Unbekannte ist?«

Nora presste die Lippen aufeinander und der Hauptkommissar formulierte seine nächsten Worte mit Bedacht. »Hängt Ihr Widerwille gegen die Rothmanns damit zusammen?«

»Sie haben Daniel Rothmann sicher gesehen, oder?«, entgegnete die Mutter schnippisch. »Der

Mann könnte einem jungen Mädchen leicht den Kopf verdrehen. Aber Doreen hat immer bestritten, dass er derjenige welcher ist.«

Links Blick wanderte zu Xaver Amlung, der hilflos zu seiner Frau sah.

Die schüttelte lediglich den Kopf und schnauzte: »Warum hätte ich es dir sagen sollen? Du hast Doreen doch sowieso nie verstanden. Sie hätte nicht bei diesen Leuten arbeiten müssen.«

»Ich dachte, ein bisschen Eigenständigkeit tut ihr gut«, rechtfertigte sich Xaver mit brüchiger Stimme.

Frau Amlung sagte es nicht, aber der Blick, den sie ihm jetzt zuwarf, war kaum falsch zu deuten. »Du hast unsere Tochter in den Tod geschickt«, schien er auszudrücken.

6

»Ob die beiden das überstehen werden?«, fragte Strickle nachdenklich seinen Kollegen, als sie den Weg zu ihrem Dienstfahrzeug einschlugen.

»Wird nicht leicht werden, vor allem wenn sie niemanden haben, dem sie die Schuld geben können. Selbst wenn wir den Täter verhaften, bleiben quälende Fragen.«

Strickle stimmte seinem Kollegen zu und wechselte das Thema. »Glaubst du, dass die Mutter wirklich nicht weiß, wer der Vater von Doreens ungeborenem Kind ist?«

Link antwortete mit einem Brummen, um auszudrücken, dass er unschlüssig war. »Womöglich hat sie Recht und Daniel Rothmann ist der neue Mann in Doreens Leben gewesen. Wir werden nach einer DNA-Probe fragen, damit lässt sich dieses Rätsel schnell lösen. Aber zuvor sprechen wir noch mit Felix Weinstedt, Doreens Exfreund. Denkbar, dass der ebenfalls eine klare Vorstellung bezüglich seines Nachfolgers hat.

Um den einundzwanzigjährigen Felix Weinstedt zu treffen, mussten die Beamten ein ganzes Stück fahren. Der junge Mann wohnte in Neureut, dem nördlichsten Stadtteil von Karlsruhe und sozusagen entgegengesetzt von Daxlanden gelegen.

Strickle, der am Steuer saß, atmete auf, als er in eine ruhigere Straße abbog. »Kein Vergleich zur Innenstadt«, stellte er fest und spielte auf das idyllisch wirkende Neureuter Wohngebiet an, das sie jetzt erreichten und das an ein gemütliches Dorf erinnerte.

»Er wohnt noch bei seinen Eltern«, erklärte Link, »zumindest lässt sich das aus den Daten der Meldestelle schließen.«

»Vermutlich nicht das, was sich Doreen für ihre Zukunft vorgestellt hat«, warf Strickle ein, als sie auf dem Bürgersteig vor einem gepflegten Mehrfamilienhaus mit Vorgarten parkten, in dem jemand ein gewaltiges Hundeverbotsschild aufgestellt hatte. Sofort öffnete sich ein Fenster.

»Wollen Sie hier etwa stehen bleiben?«, rief ihnen eine Frau unfreundlich zu.

»Warum?«, erwiderte Strickle in nicht minder kratzbürstigem Tonfall.

»Das ist ein Anwohnerparkplatz«, gab sie gereizt zurück.

»Wo steht das?«, ließ sich der Hauptkommissar auf das Spiel ein und deutete seinem Kollegen mit einem Kopfschütteln an, sich noch nicht als Polizist zu erkennen zu geben.

»Ich kann auch die Polizei rufen«, reagierte die Frau, bereit, die Klingen mit dem Fremden zu kreuzen.

»Ja, bitte, tun Sie das«, rief ihr Strickle aufgebracht zu. »Oder vielleicht rufe ich die Polizei und zeige Sie wegen Nötigung an. Das ist ein öffentlicher Parkplatz und Sie haben nicht das Recht, die Leute wegzuschicken.«

»Wir wohnen hier seit dreiunddreißig Jahren. Mein Mann stellt dort seinen Transporter ab, immer schon.«

»Dann wird er heute eben woanders parken müssen«, mischte sich Link ein, der Strickle einen tadelnden Blick zuwarf. »Wir haben für so etwas keine Zeit«, sagte er zu dem Kollegen. Dann bewegte er sich Richtung Fenster.

»Nicht auf den Rasen treten«, kreischte daraufhin die Anwohnerin. »Das ist Hausfriedensbruch«, brüllte sie nun hysterisch und Link war kurz davor, ebenfalls die Geduld zu verlieren, als er auch noch über einen der Gartenzwerge stolperte.

Dennoch hob er nun höflich seinen Dienstausweis und da er das Fenster fast erreicht hatte, bemerkte er freundlich, aber bestimmt: »Mein Name ist Link, ich bin Hauptkommissar und ich weise Sie darauf hin, dass der Parkplatz, auf dem mein Kollege unser Dienstfahrzeug abgestellt hat, ein öffentlicher ist. Jede weitere Diskussion sowie irgendwelche Maßregelungen Ihrerseits werden damit überflüssig.«

Sie sah ihn mit zusammengekniffenen Augen voller Wut an, knallte das Fenster zu und zog demonstrativ die Vorhänge vor.

»Erledigt«, sagte Link mehr zu sich selbst und trat wieder auf Strickle zu.

»Die spinnt ja wohl«, blaffte der verärgert und deutete mit dem Zeigefinger auf die Mülleimer zu seiner Rechten. »Ich vermute, das war auch deren Werk.«

Link musste schmunzeln, als er die zahlreichen Hinweisschilder entdeckte, die Mülltrennungs-Sünder in die Schranken weisen sollten. Auch an der Haustür gab es einen Aushang von Regeln, manche mit roten Markierungen unterlegt.

Link drückte die entsprechende Klingel, während sich Strickle Luft machte: »So eine hatte ich auch mal im Haus. Der hätte ich …« Weiter kam er nicht, denn in diesem Moment meldete sich über die Gegensprechanlage eine Stimme.

»Wir hätten gerne mit Felix Weinstedt gesprochen. Wir sind von der Polizei, es geht um eine Zeugenaussage«, antwortete Link sachlich.

Als sie vor der Wohnung ankamen, erwartete sie die Mutter von Felix mit besorgtem Gesicht an der Tür. »Um Gottes willen, was ist denn passiert?«, fragte sie nervös und Link wich aus, indem er antwortete: »Wir müssten Ihren Sohn sprechen.«

»Der Junge isst gerade«, antwortete sie auf eine Art, als wäre er im Moment dabei, eine komplizierte Operation am offenen Herzen durchzuführen, bei der man ihn unmöglich stören durfte.

Bevor Strickle eine undiplomatische Bemerkung machen konnte, war es Link, der bat: »Wenn er vielleicht dennoch so freundlich wäre, sich mit uns zu unterhalten?«

Ein »Mama, wer ist denn da?«, kürzte die ganze Sache ab.

Im nächsten Augenblick erschien Felix Weinstedt und als man ihm erklärte, dass man einige Fragen an ihn hätte, bat er die Beamten ins Wohnzimmer. Die Mutter wollte folgen, aber unerwarteterweise sagte der junge Mann: »Ich denke, das kann ich alleine« und schloss die Tür vor ihrer Nase.

»Meine Mutter meint es gut«, erklärte er den Beamten, »aber das mit der Privatsphäre fällt ihr schwer.« Dann fragte er freundlich: »Um was geht es denn?«

Link konnte den Eindruck, den Nora Amlung von Felix hatte, bestätigen: Er war ein netter Junge.

Daher tat es ihm auch leid, die Nachricht von Doreens Tod überbringen zu müssen.

Geschockt riss Felix den Mund auf und stieß ein ungläubiges: »Doreen, tot?«, hervor. Zwar wirkten seine Augen einen Moment lang glasig, aber er unterdrückte die Tränen, stammelte stattdessen: »Das tut mir sehr leid, das ist ja furchtbar.«

Erst nach einer Minute, die er benötigte, um das eben Gehörte zu verdauen, fragte er schließlich: »Hatte sie einen Unfall?«

Link kam nicht umhin zu antworten. Am Spätnachmittag würde die Pressekonferenz stattfinden, lange bliebe also weder der Mord noch die Entführung der Kinder ein Geheimnis. »Man hat Ihre Exfreundin letzte Nacht ermordet.«

Noch einmal traf den jungen Mann der Schock und fassungslos wiederholte er seine Worte: »Das ist ja furchtbar.«

Link dachte, dass Felix Weinstedt ein ausgezeichneter Schauspieler sein müsste, um die Bestürzung so glaubhaft zu imitieren, aber ausschließen konnte man das natürlich nicht.

»Wann hatten Sie denn zuletzt Kontakt zu Doreen?«, fragte er direkt.

Felix lief rot an. »Halten Sie mich etwa für verdächtig? Sie starb letzte Nacht«, rief er dann schrill, »da war ich bei der Freiwilligen Feuerwehr, wir hatten eine Übung und ich habe Zeugen.«

»Wir sind nicht hier, weil wir Sie verdächtigen«, beschwichtigte ihn Link, der insgeheim froh war, dass sich die Alibifrage bereits geklärt hatte. Natürlich würden sie das noch überprüfen, aber wie es aussah, konnten sie den Exfreund von Doreen als Täter ausschließen. »Wir sind hier, weil wir mehr über Doreen erfahren müssen. Wir zählen auf Ihre Mithilfe.«

»Selbstverständlich«, beruhigte sich Felix. »Tut mir leid, dass ich so gereizt reagiert habe, aber Doreen hat mir nicht gerade Glück gebracht. Und jetzt noch in Verdacht zu geraten, ihr etwas angetan zu haben, hätte zu unserer verkorksten Beziehung gepasst.«

»Was meinen Sie mit verkorkst?«, hakte Strickle sofort nach.

»Ich habe mich von ihr verarschen lassen, die ganze Zeit und ich habe es nicht bemerkt. Als sie sich von mir getrennt hat, ist meine ganze Welt zusammengebrochen. Dabei bin ich sonst gar nicht so. Jedenfalls hatten wir viel Streit.«

»Und worüber?«, fragte Link verständnisvoll.

»Sie hatte andere Vorstellungen als ich. Doreen hat nicht gearbeitet, ich musste aber morgens früh raus. Ich mache eine Ausbildung bei einem Landschaftsgärtner, bin nächstes Jahr fertig und werde übernommen, wenn alles gut läuft. Die bieten mir die Möglichkeit, später meinen Meister zu machen und«, er unterbrach sich. »Doreen fand das spießig und sie war der Meinung, dass man da kein Geld verdienen könnte. Sie wollte jede Nacht in die Klubs und ich wollte zeitig ins Bett, um morgens fit zu sein. Wenn ich nicht mit bin, dann hat sie mir Bilder von sich beim Flirten mit anderen Typen geschickt, also habe ich mich durchgequält, deshalb ständig verschlafen und beinahe meinen Ausbildungsplatz verloren. Und pleite war ich auch, weil alles Geld für die Klubs draufging.«

»Wie lange waren Sie denn zusammen?«

»Fast acht Monate«, gab er an.

»Das ist lang, wenn man sich die ganze Zeit streitet«, konnte sich Strickle die Bemerkung nicht verkneifen.

»Na ja«, gab Felix nun kleinlaut zu, »der Sex … ich hatte vorher noch nie … Sie war einfach …«

Link unterdrückte ein Schmunzeln und auch Strickle kämpfte dagegen an zu grinsen.

»Aber ich habe eine neue Freundin, die ist richtig klasse und im Sommer, wenn ich mit meiner Ausbildung fertig bin, dann wollen wir zusammenziehen.«

»Das freut mich für Sie«, entgegnete Link und

kam zum Thema zurück. »Was können Sie uns über Doreens Job als Babysitter sagen?«

»Dass sie das gemacht hat, war eigenartig und passte nicht zu ihr. Eigentlich hätte ich sie eher hinter einem Tresen gesehen, aber Kinder beaufsichtigen, das hat mich überrascht. Abgesehen davon verdiente sie ja dort keine Reichtümer. Normalerweise war sie der Ansicht, dass sich arbeiten gar nicht lohnt.«

»Ihre Eltern haben gesagt, Doreen wollte studieren«, warf Strickle ein.

Felix zuckte mit den Schultern. »Ja, Medizin, um einen Arzt kennenzulernen. Als ob das einfach so gehen würde«, gab er dann giftig zurück. »Sorry«, entschuldigte er sich, »ich sollte nicht schlecht über Doreen reden, sie war eben berechnend.«

»Haben Sie irgendeine Ahnung, mit wem Doreen nach Ihnen zusammen war?«

Er stieß geräuschvoll die Luft aus, bevor er erwiderte: »Als sie sich von mir getrennt hat, habe ich ihr die Frage wieder und wieder gestellt. Sie sagte immer, da gäbe es keinen.«

»Sie haben ihr das aber nicht geglaubt.«

»Nein, warum sollte jemand wie Doreen Single bleiben? Ich gehe davon aus, dass sie, schon bevor sie sich von mir getrennt hat, jemand anderen hatte. Allerdings tauchte sie nie mit irgendeinem Typen auf. Zumindest habe ich sie weder mit einem gesehen noch etwas in der Art gehört. Wir hatten gemeinsame Freunde, von denen wusste auch niemand etwas. Aber womöglich hat sie ihn vor uns versteckt. Sie ist an den Wochenenden auch nicht mehr in unseren üblichen Klubs aufgetaucht.«

»Hatten Sie denn den Eindruck, dass Doreen gerne bei den Rothmanns gearbeitet hat? Hat sie davon geschwärmt oder sich vielmehr beklagt?«, wollte Link nun wissen.

Während Felix über die Frage nachdachte, verzog er das Gesicht. »Schwer zu sagen. Wir waren ja bald darauf getrennt. Sie hat mir eigentlich gar nichts von ihrem Job erzählt. Allerdings gab es da so eine merkwürdige Begegnung«, überlegte Felix laut.

»Was für eine Begegnung? Bitte erzählen Sie uns davon. Alles könnte wichtig sein«, forderte ihn Link auf.

»Sie hatte schon mit mir Schluss gemacht, aber ich konnte es einfach nicht glauben und suchte das Gespräch, wieder einmal.« Verlegen senkte er den Blick. »Ich weiß, das hört sich nach einem Stalker an und meine Hartnäckigkeit ist mir heute auch voll peinlich.«

»Man muss eben erst einmal lernen, mit Enttäuschungen umzugehen«, redete ihm Strickle zu und Link meinte zu ahnen, dass aus dem Kollegen die eigene Erfahrung sprach. »Niemand verurteilt

Sie. Also erzählen Sie einfach, was sich zugetragen hat.«

Der Einundzwanzigjährige nickte dankbar und sprach weiter: »Ich bin vor dem Haus der Rothmanns aufgetaucht, als sie dort die Kinder betreut hat. Ich habe auf sie gewartet, aber ich war offensichtlich nicht der Einzige. Als Doreen aus dem Haus kam, ging ich auf sie zu. Sie wirkte genervt, als sie mich erkannte, das konnte ich sehen. Die Straßenlaterne brannte. Ich bin mir ziemlich sicher, dass sie mich gerade anschreien wollte, als plötzlich so eine merkwürdige Frau auf der Bildfläche erschien. Das war richtig unheimlich. Sie ging direkt auf Doreen zu, hat mich nicht einmal eines Blickes gewürdigt und wirres Zeug gequatscht.«

»Um was ging es dabei?«, fragte Strickle voller Ungeduld.

»Ich habe es nicht kapiert«, entgegnete Felix ehrlich.

»Können Sie sich noch an den Wortlaut erinnern?«, leistete Link Hilfestellung.

»Sie faselte etwas von wegen: ›Wehe, wenn Sie nicht gut für meine Kinder sorgen. Eine wie Sie hätte man nicht ins Haus holen dürfen, Sie taugen nichts.‹ Dann ist sie wieder verschwunden, wie ein Geist.«

»Und wie hat Doreen reagiert?«

»Ich glaube, es war ihr nicht geheuer, aber

natürlich tat sie so, als wäre alles ganz easy. Sie meinte lediglich: ›Die alte Schabracke soll sich zum Teufel scheren, die ist wohl besoffen‹ und dann hat sie mich davongejagt.« Er seufzte. »Ich glaube, das war das letzte Mal, dass wir miteinander gesprochen haben.«

»Können Sie diese fremde Frau beschreiben?«

»Schwierig, die sah eigentlich ziemlich harmlos aus. Allerdings hatte die eine gespenstische Stimme, fast wie ein Mann, total rau und krächzend. Ich hatte mal einen Lehrer, der war Kettenraucher, der klang genauso …«

Die Hauptkommissare hatten Felix am Ende des Gesprächs ihre Visitenkarten überreicht und sich dann verabschiedet.

Frau Weinstedt, die hinter der Wohnzimmertür gestanden und gelauscht hatte, sah ihren Sohn, nachdem die Beamten verschwunden waren, mitfühlend an.

»Mein armer Junge«, säuselte sie und wollte Felix in die Arme schließen.

»Mama, bitte«, erwiderte der daraufhin. »Ich bin kein Baby mehr und Doreen hat mir längst nichts mehr bedeutet.«

»Dieses Miststück hat es verdient«, erwiderte sie

daraufhin leidenschaftlich. »Sie hat dir so viel Schmerz zugefügt.«

Felix rollte mit den Augen. »Niemand hat das verdient«, reagierte er gelassen und fügte dann mit einem Zwinkern an: »Halte dich mit solchen Aussagen lieber zurück, sonst machst du dich noch verdächtig.«

»Felix!«, ermahnte ihn die Mutter streng, woraufhin er witzelte: »Nur ein guter Rat, bevor ich dir einen Anwalt besorgen muss.«

7

Im Haus der Rothmanns

»Was?«, rief Hauptkommissar Quentin Visser überrascht, als ihm Link am Telefon von der Frau mit der rauen Stimme erzählte, die Doreen Amlung vor etwa einem halben Jahr abgefangen und mehr oder weniger bedroht hatte.

»Du musst mit den Rothmanns sprechen, offenbar hat oder hatte diese Unbekannte einen Bezug zur Familie«, riet ihm Link.

Visser flüsterte seine Antwort, denn die Presse war bereits anwesend, die Fernsehübertragung sollte gleich starten. »Ich kümmere mich schnellstmöglich darum, wir senden gleich. Sobald ich etwas weiß, gebe ich euch Bescheid.«

Er klang sehr angespannt und Link sah sich genötigt zu fragen: »Bei dir alles in Ordnung?«

»Mehr oder weniger«, antwortete der Kollege vom LKA seufzend. »Wir sind uns noch nicht einig, was das Geld betrifft«, erklärte er knapp.

»Und das bedeutet was?«, hakte Link nach.

»Der Vater bestand darauf, Bargeld abzuheben und den Entführern damit ein Angebot zu machen. Seht es euch an, wir sind gleich live.« Damit legte er auf und Link informierte verdutzt seinen Kollegen Strickle.

Währenddessen versuchte Hauptkommissar Visser, den Vater erneut davon zu überzeugen, den Ratschlag der Polizei anzunehmen und sich bedeckt zu halten.

»Ich empfehle Ihnen, die Tasche nicht zu zeigen«, versuchte der Beamte erneut, bei Daniel Rothmann Überzeugungsarbeit zu leisten.

»Ich werde keine Spielchen spielen, wenn es um meine Kinder geht«, blieb der jedoch unnachgiebig und umklammerte die Sporttasche mit den achtzigtausend Euro. Mehr hatte er nicht auftreiben können. Seine Hausbank hatte sich bemüht, aufgrund der dramatischen Umstände in der Kürze der Zeit die Bargeldreserven aufzustocken, um ihm sein Geschäftsguthaben auszuzahlen.

»Hören Sie«, entgegnete Rothmann gereizt. »Ich weiß, was ich tue. Ich verdiene mein Geld damit, anderen zu sagen, wie sie sich oder ihre Produkte am besten verkaufen. Marketing heißt, etwas anbieten. Ich werde nicht in die Kamera sprechen und sagen, dass ich nichts anzubieten habe. Die Entführer wollen Geld, also zeige ich meinen guten Willen.«

»Und wenn es nicht genug ist?«, wurde der Hauptkommissar deutlicher. »Was, wenn die Aussicht auf lediglich achtzigtausend die Gegenseite zu einer Kurzschlusshandlung verleitet?«

»Ich demonstriere meinen guten Willen, so verhandelt man«, blieb Daniel stur.

Der Hauptkommissar wollte noch etwas erwidern, aber jemand vom Sender sagte: »Wir starten, Sie sollten Ihre Plätze einnehmen.«

Link und Strickle verfolgten die Sendung auf dem Display von Strickles Handy, nachdem sie den Wagen in einer Seitenstraße geparkt hatten.

Zunächst sprach Hauptkommissar Visser, fasste den Mord an Doreen Amlung zusammen und die damit verbundene Entführung der beiden Kinder. Bilder wurden eingeblendet. Es folgte eine kurze Personenbeschreibung der Geschwister und immer wieder nannte der Kollege die Vornamen der

Kinder. Ein typisches Vorgehen, um die Entführer zu zwingen, Sophia und Kilian nicht nur als Beute zu sehen, sondern als Menschen.

Dann sprach die Mutter. Sie weinte, man verstand sie kaum, als sie sich flehentlich an die Entführer wandte und um die Freilassung ihrer Kinder bat.

Anschließend ergriff Daniel Rothmann das Wort. Er war angespannt, nervös, aber vor allem zornig.

Bemüht, einen Wutausbruch zu vermeiden, begann er, gepresst zu sprechen: »Ich bin der Vater von Sophia und Kilian. Ich weiß, Sie wollten nicht, dass die Polizei eingeschaltet wird. Ich bedauere das zutiefst, aber ich konnte es nicht verhindern. Jemand fand die Leiche von Doreen vor uns.« Er wurde eindringlicher. »Ich schwöre Ihnen, ich hätte niemals zugelassen, dass die Behörden informiert werden, aber ich kann das nicht mehr rückgängig machen.« Er holte Luft, schien seinen ganzen Mut zusammenzunehmen und fuhr dann laut und deutlich fort. »Sie fordern eine Million Euro.« Er zögerte wenige Sekunden, sagte dann mit fester Stimme: »Ich habe das Geld nicht. Sie vermuten, weil Sie unser Haus gesehen haben, dass wir reich sind. Vielleicht haben Sie sich auch umgehört und erfahren, dass wir viele Reisen unternehmen, dass wir in kostspieligen Geschäften einkaufen, teure Autos fahren …« Für einen Augenblick senkte er den Kopf, bevor er direkt in die Kamera starrte und leise, aber dennoch hörbar ergänzte: »Aber das ist alles eine Lüge. In Wahrheit ist unser Haus mit einer gewaltigen Hypothek belastet, die Autos sind geleast und die Reisen werden in Raten bezahlt. Meine Firma läuft schlecht.« Plötzlich konnte auch er sich nicht mehr beherrschen, begann zu weinen und rief: »Aber ich gebe Ihnen alles, was ich noch habe. Ich gebe Ihnen alles, nur tun Sie Sophia und Kilian nichts an.« Mit einer theatralischen Geste riss er die Sporttasche auf, hielt sie in die Kamera, sodass man das Geld darin erkennen konnte. »Achtzigtausend«, sagte er bitter. »Keine Tricks, keine Polizei, ich werde es Ihnen persönlich bringen. Es gehört Ihnen, sofort, ich flehe Sie an!«

Strickle stieß einen undefinierbaren Laut aus, als die Pressekonferenz vorbei war. »Hoffen wir, dass sich die Entführer darauf einlassen«, sagte er zweifelnd.

»Einen Versuch ist es wert«, warf Link ein. »Bevor sie gar nichts bekommen und weiterhin die Kinder verstecken müssen, sind achtzigtausend besser als nichts. Denen eilt es. Jetzt wo das ganze Land Bescheid weiß, birgt jeder Tag mehr, an dem sie zwei Kinder festhalten, ein enormes Risiko.«

»Und wenn sie sich entscheiden, die beiden zu töten?«, fragte Strickle mit belegter Stimme. »Ich hätte ja gerne behauptet, denen geht es nur ums Geld. Entführer müssen nicht zwangsläufig Mörder sein. Aber nach dem Mord an Doreen Amlung können wir darauf nicht vertrauen.«

* * *

Etwas später

Sophia war sehr müde, aber als sie die Klappe in der Tür hörte, sprang sie sofort auf und schrie: »Bitte helfen Sie uns!« Sie erhielt keine Antwort, entdeckte aber etwas auf dem Boden, das durch die Klappe geschoben worden war. Sie hatte so eine Flasche schon einmal gesehen, die grüne zähe Flüssigkeit darin ließ keinen Zweifel, es handelte sich um Hustensaft. Der Verschluss saß locker, konnte einfach geöffnet werden. Sophia roch daran, eindeutig war das der widerliche Geruch von Medizin. Schnell eilte sie damit zu ihrem Bruder Kilian, der sich unruhig auf der Matratze wälzte.

»Hier, das musst du trinken gegen deinen Husten«, erklärte sie mütterlich.

»Ich mag nicht«, quengelte der Jüngere und Sophia legte ihre kleine Hand auf seine Stirn, so wie sie es schon viele Male bei der Mutter gesehen hatte. »Du hast Fieber, du bist ganz heiß«, schloss sie aus der Berührung der glühenden Stirn und forderte ihn erneut auf zu trinken. »Es wird besser, wenn du das nimmst.«

Gehorsam schluckte der Bruder den grünlichen Saft und spülte mit einem Rest Apfelsaft nach. Fürsorglich wickelte die Schwester die Decke um ihn und flüsterte: »Versuch zu schlafen.«

»Können wir denn nicht nach Hause?«, jammerte Kilian daraufhin verzweifelt.

»Bald«, antwortete seine Schwester tapfer und wischte die heißen Tränen unauffällig aus ihrem Gesicht. Keinesfalls sollte Kilian denken, sie hätte Angst, das würde ihn nur noch mehr erschrecken.

»Erzählst du mir eine Geschichte?«, fragte der nun und Sophia willigte ein, froh, sich ablenken zu können.

Kilian schlief ein, bevor sie ihm vom Kampf gegen den Drachen erzählen konnte. Sie saß reglos neben ihm, um ihn nicht zu wecken und lauschte. Es war unheimlich still und die trübe Campingleuchte an der Decke war die einzige Lichtquelle. Sie hatte keine Ahnung, wie lange sie hier schon gefangen waren, noch wusste sie, ob es gerade Tag oder Nacht war. Doch plötzlich hörte sie etwas – erst ein Flüstern, dann wurde es lauter. Wieder eilte Sophia zur Tür, eine merkwürdig verstellt klingende Stimme fragte: »Sophia? Kilian?«

»Ja«, rief das Mädchen euphorisch. »Wir sind hier drin, bitte holen Sie uns raus.«

Aber es wurde wieder still und das Mädchen flehte laut: »Bitte lassen Sie uns raus!«

»Was ist denn?«, fragte Kilian hinter ihr schläfrig.

»Jemand hat uns gerufen, wollte wohl überprüfen, ob wir wach sind«, erklärte Sophia, da es für sie das Naheliegendste war.

Als sie jedoch kurz darauf Kilians gleichmäßiges Atmen hörte und wusste, dass er wieder eingeschlafen war, lehnte sie sich mit dem Kopf gegen die verschlossene Tür und weinte leise. Nach einigen Minuten kehrte sie wieder zur Matratze zurück, leerte die Reste des Apfelsafts, weil ihr der Magen knurrte und kuschelte sich an Kilian. Kurz darauf fiel auch sie in einen tiefen Schlaf.

8

Nach der Pressekonferenz lotste Hauptkommissar Visser das Ehepaar Rothmann in den oberen Stock, um ungestört mit den beiden sprechen zu können. Er unterließ es, noch einmal sein Missfallen über den Verlauf des Fernsehauftritts auszudrücken. Ohnehin konnte er im Nachhinein nichts mehr daran ändern; außerdem brannte ihm eine viel wichtigere Frage auf den Nägeln.

»Wir haben gerade erfahren, dass Doreen, kurz nachdem sie den Babysitter-Job bei Ihnen angenommen hat, von einer Frau angesprochen wurde. Diese Frau hat Doreen vor Ihrem Haus abgefangen und beschimpft.«

Er wiederholte, was ihm Link am Telefon erzählt hatte und endete mit dem Hinweis: »Sie soll eine außergewöhnlich tiefe, raue fast schon männliche Stimme gehabt haben.«

Sofort reagierte Agnes: »Sie meinen doch nicht etwa Frau Leuenberger?«

Daniel schaltete sich ein. »Die hatte wirklich eine sehr markante Stimme.«

»Wer ist Frau Leuenberger und warum erfahre ich erst jetzt von der Frau?«, fasste Visser sofort nach.

»Sie hat vorübergehend bei uns ausgeholfen. Etwa zwei Monate, letztes Frühjahr«, erklärte Daniel. »Meine Frau hatte sich das Handgelenk gebrochen.«

»Ja«, warf Agnes ein, »ein unglücklicher Sturz mit dem Fahrrad.«

Daniel rollte mit den Augen, etwas, das Visser nicht entging, aber momentan interessierten ihn nur die Fakten über Frau Leuenberger, deshalb bat er: »Erzählen Sie mir von ihr.«

»Sie war nett, hat den Haushalt versorgt und die Kinder. Wir haben uns gut verstanden«, antwortete Agnes.

»Gab es Probleme, Streit?«, hakte Visser nach, verwundert über die Antwort.

»Nein, überhaupt nicht. Sie war sehr zuverlässig und fleißig, fast schon übereifrig, hat mir jede Arbeit abgenommen. Ich konnte mich nicht über sie beklagen.«

»Aber nach zwei Monaten wurde Frau Leuenberger dennoch entlassen?«, fragte Visser.

»Nein«, widersprach Agnes. »Die Stelle war von Anfang an auf zwei Monate begrenzt, solange bis mein Bruch verheilt war. Sie war damit einverstanden. Offenbar suchte sie überhaupt keine Festanstellung. Wenn ich mich recht erinnere, sagte sie, dass sie ein wenig Geld verdienen wolle, um die Rente aufzubessern. Frau Leuenberger war bereits sechzig. Sie plante eine größere Reise. Als sie uns verließ, habe ich ihr noch einen Bonus gezahlt. Alles war ganz freundschaftlich.«

»Aber als Sie einen Babysitter für die Theaterabende suchten, da haben Sie sich nicht an Frau Leuenberger gewandt, oder?«

»Nein«, gab Agnes zu.

»Obwohl das doch das Naheliegendste gewesen wäre«, ließ Visser nicht locker.

»Na ja, die Kinder mochten sie nicht besonders«, erklärte Agnes. »Sie war ja auch mehr eine Haushaltshilfe als ein Kindermädchen.« Plötzlich erschrak Agnes, als wäre ihr eben erst klar geworden, dass ihre ehemalige Angestellte vielleicht etwas mit der Entführung zu tun haben könnte. Entsetzt riss sie die Augen auf und stammelte: »Sie glauben doch nicht, dass diese alte Frau unsere Kinder hat.«

»Wussten Sie von der Begegnung zwischen Doreen und Frau Leuenberger?«, überging Visser ihre Frage.

»Nein«, antwortete Agnes gehetzt. »Das hätte ich Ihnen doch schon längst erzählt. Florentine Leuenberger kam mir nie bedrohlich vor. Habe ich das etwa übersehen?«, panisch sah sie zu Daniel. »Es ist meine Schuld, ich als Mutter hätte das wissen müssen, ich bin eine schlechte Mutter«, sie schluchzte laut.

»Niemand gibt dir die Schuld, ich habe auch nicht an diese Frau gedacht«, erwiderte er genervt. »Mensch, reiß dich zusammen«, explodierte er plötzlich völlig unerwartet. »Es dreht sich nicht immer alles um dich und deine Befindlichkeiten. Herrgott!« Dann starrte er zu Visser und sagte: »Meine Frau hat sich das Handgelenk gebrochen, weil sie voll war mit Tabletten. Es war ein Wunder, dass nichts Schlimmeres passiert ist. Und das alles nur, weil sie sich Probleme einreden lässt, bis sie es ohne Medikament nicht mehr aushält. Ich kann ja auch nicht ständig irgendetwas schlucken, bloß weil die Aufträge fehlen, meine Firma den Bach runtergeht, meine Frau aber auf nichts verzichten will und an diesem scheißteuren Haus festhält. Ich habe das so satt!« Er schrie mittlerweile und Visser griff ein.

»Herr Rothmann, Sie sollten sich beruhigen. Sie müssen einen Weg finden zusammenzuarbeiten, Ihren Kindern zuliebe. Ich rate Ihnen dringend, alle anderen ungeklärten Dinge vorerst hinten anzustellen.«

Daniel besann sich, während Agnes ihn völlig fassungslos anstarrte. So hatte er noch nie mit ihr gesprochen und mit einem Mal fürchtete sie, dass er sie nicht mehr liebte, dass sie sich fremd geworden waren.

»Es tut mir leid«, hörte sie Daniel sagen, aber es klang nicht ernst gemeint.

Die Stimme von Hauptkommissar Visser riss sie aus ihren düsteren Überlegungen: »Warum mochten Ihre Kinder Frau Leuenberger nicht?«

»Sie hat sie wie Babys behandelt«, antwortete Agnes. »Sie hatte immer Angst, sie könnten sich verletzen. Einmal war sie mit den beiden auf dem Spielplatz, aber das funktionierte überhaupt nicht. Sie hielt die Kinder quasi vom Toben ab. Sie hat es gut gemeint, aber war letztendlich eine entsetzliche Glucke. Sophia und Kilian haben sich mit ihr gelangweilt, deshalb kam ich auch gar nicht auf die Idee, die Frau zu bitten, den Babysitter zu spielen.«

* * *

Etwas später

Zeitgleich mit Strickle und Link erreichte auch Agnes' Bruder das Haus der Rothmanns.

»Ich musste mal kurz raus aus diesem Drama«, sah er sich offenbar genötigt zu erklären, warum er während der Pressekonferenz nicht an der Seite seiner Schwester geblieben war. »Verstehen Sie das jetzt bitte nicht falsch«, fügte er noch an, »aber ich sehe die Sache wie Daniel. Ohne die Polizei wäre es leichter, die Kinder zurückzubekommen.«

Link hatte zu viele Dienstjahre auf dem Buckel, als sich auf ein Streitgespräch mit den Angehörigen der entführten Kinder einzulassen. Deshalb entgegnete er ruhig: »Wir möchten nur helfen.«

Strickle gelang es ebenfalls, sich eine unfreundliche Bemerkung zu verkneifen. Zudem wäre seine Antwort durch das Auftauchen von Valera Pfister unterbrochen worden.

Die Psychiaterin schien außer Atem. »Ich habe noch einige Medikamente besorgt«, sagte sie statt einer Begrüßung und schwenkte die Tüte mit dem Namenszug einer Karlsruher Apotheke.

»Ich muss zu Frau Rothmann. Sie hat mich nach der Pressekonferenz angerufen.« Resigniert blickte sie zu Strickle und Link. »Ich dachte, ich lasse dem Ehepaar ein wenig Luft, aber offenbar haben sie die

Zeit nicht für ein Zusammenraufen nutzen können. Tragisch«, fügte sie noch an. »Paarbeziehungen sind so schon schwer genug, aber Krisen dieser Art machen alles kaputt.« Damit drehte sie sich um und verschwand im Haus.

Die Hauptkommissare und Ingo Hauser folgten ihr.

Gerade als sie eintraten, kam Daniel Rothmann die Treppe herunter. »Hauptkommissar Visser ist oben«, sagte er an die Beamten gewandt und gereizt ergänzte er in Richtung Valera Pfister, »zusammen mit meiner Frau.«

Danach folgte er der Bitte seines Schwagers, diesen in den Garten zu begleiten. Link nahm an, dass es um eine Versöhnung nach dem vorangegangenen Streit ging.

Wie zu erwarten war Agnes Rothmann in keinem guten Zustand. Aber die Tatsache, dass ihre Ärztin wieder da war, ließ sie etwas entspannen. »Meine ehemalige Angestellte könnte meine Kinder entführt haben«, rief sie entsetzt aus und blickte mit Tränen in den Augen zu Valera.

Schließlich war es Hauptkommissar Visser, der die Anwesenden über Florentine Leuenberger ins Bild setzte. Gerade, als er mit seiner Zusammenfassung fertig war, klingelte sein Handy und mit besorgter Miene teilte er nach dem Anruf mit, was er von seiner Dienststelle eben erfahren hatte.

»Gegen Florentine Leuenberger liegt nichts vor«, begann er, ernst zu berichten, »allerdings gab es einen tragischen Vorfall vor ungefähr zehn Jahren. Einen Autounfall, bei dem Frau Leuenbergers Tochter, der Schwiegersohn und beide Enkel ums Leben kamen.«

Agnes stöhnte laut auf, hauchte: »Das hat sie mir nie erzählt«, und hielt sich erschreckt die Hand vor den Mund.

Die Polizisten blickten sich derweil wissend an, mussten nicht aussprechen, was offensichtlich schien.

Dafür ergriff die Psychiaterin das Wort: »Nicht bewältigte Trauer«, sagte sie nüchtern. »Vermutlich hat Florentine Leuenberger nicht die Hilfe erfahren, die sie benötigt hätte. Sie fühlte sich einsam und trifft dann auf Familie Rothmann. Ihr bietet sich quasi eine zweite Chance, sie wird Teil einer Familie, die sie bereits verloren geglaubt hat, jedoch endet dieses Verhältnis abrupt.«

»Aber der Job war doch von vornherein auf zwei Monate begrenzt, wir hatten das so abgesprochen«, hielt Agnes es für nötig, sich zu verteidigen.

»Natürlich war das vereinbart. Dennoch hat diese Frau womöglich geglaubt, ihre verstorbene

Familie wiedergefunden zu haben. Als ihr dann der Zugang verwehrt wurde«, mit einem Seitenblick auf Agnes ergänzte Valera, »bewusst oder unbewusst, wurde diese neue Familie plötzlich zu einer fixen Idee.« Die Ärztin wandte sich an Strickle und Link. »Sie sagten, Frau Leuenberger hätte Doreen Amlung als unfähig beschimpft und Sophia und Kilian als *ihre Kinder* bezeichnet?«

»So hat es uns der Zeuge Felix Weinstedt geschildert«, antwortete Strickle.

»Daraus könnte man durchaus schließen, dass sie der Meinung war, Sophia und Kilian retten zu müssen. Vor dem Babysitter, den sie offenbar für unfähig hielt, aber auch vor der Mutter, die die Kinder der falschen Frau überlassen hat. Da Menschen wie Florentine Leuenberger überzeugt davon sind, das Richtige zu tun, agieren sie meist äußerst clever, sogar manipulativ, obwohl man ihnen das nie zutrauen würde. Sie können sich im Notfall perfekt verstellen«, schloss die Ärztin ihre Einschätzung.

Agnes begann daraufhin zu weinen und Link bedauerte bereits, das Gespräch in Anwesenheit der Mutter geführt zu haben.

Auch die Psychiaterin bemerkte, wie sehr ihre Worte Agnes erschüttert hatten, und beeilte sich, zu sagen: »Sie trifft da keine Schuld.«

»Aber es fühlt sich so an«, wimmerte die Mutter.

Die Beamten zogen sich daraufhin zurück, denn sie wussten, was sie als Nächstes zu tun hatten. Strickle und Link würden Florentine Leuenberger aufsuchen, während Hauptkommissar Visser die undankbare Aufgabe hatte, Daniel Rothmann um eine Speichelprobe zu bitten.

9

Florentine Leuenberger lebte in einer Mietwohnung. Im Augenblick überprüften die Kollegen vom Innendienst, ob die Frau irgendwelche Immobilien besaß. Sollte es sich bei ihr um die Entführerin der Kinder handeln, dann war nicht ausgeschlossen, dass Sophia und Kilian außerhalb der Wohnung versteckt wurden. Womöglich gehörte der Leuenberger irgendwo eine Hütte, ein Ferienhaus oder eine Garage.

Die Hauptkommissare hatten sich deshalb auch dazu entschlossen, der Verdächtigen zunächst einen harmlos wirkenden Besuch abzustatten und auf ein Spezialeinsatzkommando zu verzichten. Zum einen, weil es bislang keinerlei Beweise für Florentine Leuenbergers Schuld gab, zum anderen, weil sie befürchteten, die Frau mit jeder massiven Aktion in Panik zu versetzen und dadurch eventuell das Leben von Sophia und Kilian zu gefährden, davon ausgehend, dass die Kinder tatsächlich bei ihr waren.

Auf ihr Klingeln öffnete die Frau die Haustür. Da es keine Gegensprechanlage gab, stiegen die Beamten die beiden Treppen nach oben wie auf dem Schild angegeben, das vermutlich für den Paketboten bestimmt war.

Florentine schien verdutzt, die beiden fremden Männer zu sehen. »Wer sind Sie?«, fragte sie unfreundlich und zog sich in ihre Wohnung zurück. Ihre ungewöhnlich tiefe Stimme klang dabei wie ein warnendes Bellen. »Sie sind nicht vom Paketdienst«, fügte sie noch an und wollte die Tür bereits wieder zuschlagen, da meldete sich Link zu Wort und sagte deutlich: »Polizei!«

Obwohl er erwartet hatte, dass Florentine Leuenberger deswegen beunruhigt wäre, belehrte ihn ihre erleichterte Reaktion eines Besseren.

»Oh, Gott sei Dank«, antwortete sie etwas zugänglicher. »Man hört ja so viel von Gewalt gegen Senioren«, erklärte sie ihre zunächst ablehnende Haltung. »Zu wem möchten Sie denn?«, fragte sie dann uninteressiert.

»Zu Ihnen«, antwortete der Hauptkommissar mit einem Lächeln.

»Zu mir?«, gab sich Florentine überrascht. »Warum?«, hakte sie nach und man bemerkte, wie sich ihre Gesichtszüge wieder verhärteten.

Also doch keine liebe Omi, dachte Strickle im Stillen.

Polizei im Haus schien für Frau Leuenberger grundsätzlich in Ordnung, aber sie selbst wollte nichts mit den Behörden zu tun haben.

»Ich bin kein Freund der Polizei«, klärte sie mit ihrem nächsten Satz die Fronten, wobei sie, falls das überhaupt möglich war, noch rauer sprach.

»Das ist bedauerlich«, entgegnete Link gelassen, »dennoch müssten wir uns mit Ihnen unterhalten.«

Für einen kurzen Augenblick zögerte sie, entschied sich dann jedoch dazu zu kooperieren.

Link war unschlüssig in seiner Einschätzung der Frau. Sie verhielt sich nicht wie eine auf frischer Tat ertappte Entführerin, allerdings konnte das auch eine ausgezeichnete Inszenierung sein. Die Worte von Valera Pfister fielen ihm wieder ein: *Solche Menschen sind überzeugt davon, das Richtige zu tun und agieren meist äußerst clever.*

»Dürfen wir eintreten?«

»Meinetwegen«, knurrte Florentine und stieß die Tür weiter auf. »Ich habe aber nicht aufgeräumt«, erklärte sie schnippisch und führte die Männer ins Wohnzimmer.

Auf dem Weg dahin kamen sie an der Küche vorbei. Dass dort Chaos herrschte, wäre höflich ausgedrückt gewesen. Auf dem Boden und quasi auf jeder freien Fläche stapelten sich Kochtöpfe,

Küchenutensilien, Geschirr und Handtücher. In der Ecke stand ein aufgetürmter Berg aus Konserven, der an die kunstvoll arrangierten Dosenpyramiden in Feinkostgeschäften erinnerte.

Auch im schmalen Gang zeigte sich ein ähnliches Bild – nur dieses Mal waren es Dutzende von Mänteln und Blusen, die entlang der Wand an Klebehaken hingen, so als würde der Raum als begehbarer Kleiderschrank genutzt. Zwischen den verschiedenen Kleidungsstücken entdeckte Strickle auch Kinderjacken. Er stupste seinen Kollegen an, aber auch der hatte das längst bemerkt. Sie kamen an zwei verschlossenen Türen vorbei und erreichten schließlich das Wohnzimmer. Dort waren die Wände übersät mit Familienfotos und es schien, dass kein Millimeter Tapete ausgelassen worden war. Die lückenlos aneinandergereihten Gesichter erschlugen den Betrachter regelrecht.

Was sie hier sahen, war mehr als nur ein Bewahren von Erinnerungen, es grenzte vielmehr an eine Gefangenschaft in der Vergangenheit. Abgesehen davon war es fast unmöglich, sich zu bewegen, denn drei Sofas und vier Sessel sowie ein Esstisch mit zwölf Stühlen füllten den Raum komplett aus.

Link konnte nicht anders, als zu fragen: »Wem gehören all diese Sachen?«

Frau Leuenberger setzte sich an den Tisch und

sagte: »Sie können Platz nehmen, wenn Sie möchten«, doch die Frage beantwortete sie zunächst nicht.

Umständlich quetschten sich die Beamten auf die Stühle, die sich kaum mehr als zwanzig Zentimeter vom Tisch wegschieben ließen, da die Couch im Weg stand.

»Das sind meine Sachen«, überlegte sie es sich schließlich, doch noch zu antworten, und verschränkte demonstrativ die Arme vor der Brust.

»Ziemlich viele Möbel«, ging Link darauf ein.

»Die Möbel meiner Tochter, alles, was mir von ihr blieb. Meine Tochter hatte einen Unfall«, ergänzte sie frostig, »deshalb sind Sie doch hier, oder?«

Link klärte die Frau noch nicht auf, denn die redete sich gerade in Rage und er wollte hören, was sie zu sagen hatte.

»Sind Sie dieses Mal hier, um mich zu fragen, ob meine Tochter und ihr Mann Eheprobleme hatten? Ob er absichtlich den Wagen gegen die Leitplanke gelenkt hat, ist es das schon wieder? Oder ob die beiden getrunken oder Drogen genommen hatten?«, warf sie den Beamten zornig an den Kopf.

»Ich kann mir vorstellen, dass die Kollegen auch einige unangenehme Fragen stellen mussten«, antwortete er verständnisvoll. »Allerdings ist nach meinem Kenntnisstand der Unfallverlauf doch längst geklärt«, erwiderte der Hauptkommissar. Er kannte nur die Zusammenfassung der Fakten, wusste aber, dass der Unfall nach Abschluss der Ermittlungen auf Fremdverschulden zurückgeführt wurde. Offenbar hatte ein Fahrzeug die Familie von der Straße gedrängt, dabei gerammt. Der Wagen kam ins Schleudern und überschlug sich; der Fahrer des anderen Autos beging Unfallflucht. Am Ende waren sich die Experten einig, dass zumindest die Frau und die Kinder bei rechtzeitigem Eintreffen der Feuerwehr und des Krankenwagens hätten gerettet werden können.

»Dann sind Sie gekommen, um mir mitzuteilen, dass man dieses miese Schwein, das uns das angetan hat, endlich erwischt hat?« Sie grunzte abschätzig. »Nein, deshalb sind Sie nicht hier«, stellte sie dann selbst fest. »Sie wollen etwas, stimmt's? Aber das können Sie vergessen. Um wen geht es? Jemand vom Haus? Jemand aus meiner Straße? Ist mir völlig egal, was die treiben. Ich werde jedenfalls gegen niemanden aussagen. Nicht, solange Sie mir nicht den bringen, der meine Lieblinge auf dem Gewissen hat. Helfen Sie mir, dann helfe ich Ihnen.« Sie lehnte sich zurück und hatte immer noch kampflustig die Arme vor der Brust verschränkt. Nichts an ihr passte zu der Beschreibung, die ihnen Agnes Rothmann von der Frau gegeben hatte.

Link sah sich suchend im Zimmer um. »Sie haben keinen Fernseher?«, stellte er fragend fest.

»Brauche ich nicht, frustriert mich nur«, antwortete ihm Florentine knapp.

»Radio?«

»Gelegentlich schalte ich es an«, ließ sie sich darauf ein.

»Dann wissen Sie also noch nicht, dass man die Kinder von Agnes und Daniel Rothmann entführt hat?«, fragte Link nun direkt.

Entsetzt starrte ihn die Frau an. Es war, als wäre sie aus einem bösen Traum erwacht, der sie in eine noch schlimmere Realität zurückgebracht hatte.

Wieder dachte Link an die Psychiaterin. Wie hatte die noch gesagt: *Solche Menschen haben gelernt, sich zu verstellen*. Wenn Florentine ihre Täterin war, dann gelang es ihr geradezu meisterhaft, das zu tun.

»Dürfte ich einmal Ihre Toilette benutzen«, warf nun Strickle ein, der den Zeitpunkt passend fand, unauffällig hinter die beiden verschlossenen Türen zu blicken.

Florentine nickte geistesabwesend, wirkte immer noch von der Nachricht schockiert.

»Die armen Kleinen«, hauchte sie den Tränen nah. »Aber …«, folgte mit einem grausamen Gesichtsausdruck die nächste Bemerkung: »Aber das ist kein Wunder, bei der Mutter.«

»Darf ich fragen, wie das zu verstehen ist?«

»Na Sie werden Frau Rothmann doch kennengelernt haben! Eine dieser sensiblen *Rührmichnichtan*-Typen, immer mit allem überfordert. Was denken Sie, warum die mich eingestellt haben?«

»Soviel ich weiß, hatte sich Agnes Rothmann damals das Handgelenk gebrochen.«

Verächtlich schnalzte Florentine mit der Zunge. »Wenn es das nicht war, dann etwas anderes. Agnes Rothmann ist null belastbar, ständig saß die bei ihrem Nervenarzt, leidet seit Jahren an einer Wochenbettdepression, wo gibt es denn so etwas. Jedenfalls war sie kaum in der Lage, sich um die Kinder richtig zu kümmern. Völlig unachtsam, hat sie allen möglichen Gefahren ausgesetzt.«

»Sie kamen nicht gut mit Ihrer Arbeitgeberin aus?«, fragte Link vorsichtig.

»Doch, natürlich kam ich mit ihr aus. Ich habe das eben so hingenommen, aber die Kinder taten mir leid. Ich glaube, denen hätte es gefallen, mehr Zeit mit mir zu verbringen und was erfahre ich dann zufällig beim Einkaufen …« Sie streckte zornig das Kinn nach vorne, bevor sie schnauzte: »Die Familie stellt irgendeine unfähige *Babysitterin* ein.«

»Man hat Sie nicht gefragt, ob Sie an der Stelle interessiert wären?«, hakte Link nach und spielte dabei den Überraschten, obwohl er die Antwort bereits kannte.

»Leider nein, vermutlich weil die Mutter auf mich eifersüchtig war«, schnappte sein Gegenüber.

»Die Familie dachte sicherlich, dass Sie nicht mehr arbeiten, sondern reisen möchten«, hielt Link dagegen.

Wieder schnalzte Florentine mit der Zunge. »Womöglich habe ich etwas in der Richtung erwähnt, aber nie von konkreten Daten gesprochen. Ich wollte eben nicht, dass die denken, ich bin auf das Geld angewiesen, aber leider ist das der Fall gewesen. Für die Beerdigungen habe ich damals mein gesamtes Erspartes aufgebraucht.« Sie stammelte: »Ich wollte wenigstens einen schönen Abschied …«

Link ließ ihr einen Augenblick Zeit und schließlich sagte sie bestimmt: »Es wäre ein Gebot der Höflichkeit gewesen, mich wenigstens zu fragen.«

»Haben Sie denn eine Ahnung, wer hinter der Entführung stecken könnte?«, ging der Hauptkommissar nun einen Schritt weiter.

»Wer wohl«, blaffte Florentine ungeduldig. »Fragen Sie dieses Flittchen, Doreen soundso, der traue ich das zu.«

»Kennen Sie Doreen Amlung denn?«, stellte sich der Hauptkommissar unwissend.

»Die brauche ich nicht zu kennen«, schnauzte Florentine. »Ich habe genug über die gehört, als ich noch bei den Rothmanns war. Im Prinzip ein faules Stück, nur auf den eigenen Vorteil aus. Von den Eltern verzogen. Läuft rum, als käme sie direkt vom Straßenstrich, aber so einer passiert kein Unglück. Meine Tochter hingegen war immer ein anständiges Mädchen, ein Engel und ...« Sie bemerkte selbst, dass sie vom Thema abschweifte und konzentrierte sich wieder auf Doreen. »Der würde ich *niemals* meine Kinder anvertrauen. Sich so jemanden ins Haus zu holen, wenn da noch ein gut aussehender Ehemann existiert, ist schon regelrecht dumm.« Sie schüttelte müde den Kopf. »Daran merkt man doch, wie unfähig Agnes Rothmann ist. Die hat nie gemerkt, dass ihr Mann eine Affäre hat.«

»Mit Doreen Amlung?«, versuchte Link, nicht zu interessiert zu klingen.

Florentine zuckte mit den Schultern. »Warum nicht?«

»Wie kommen Sie darauf, dass Herr Rothmann eine Affäre hat?«

»Ich habe ihn gehört, damals als ich im Haus war. Er hat mit seiner Geliebten telefoniert.«

»Und da sind Sie sicher?«, fasste der Hauptkommissar nach.

»Also wirklich«, schnauzte sein Gegenüber, »ich bin vielleicht schon sechzig, aber ich stamme nicht aus dem Mittelalter. Ich weiß, wann jemand mit seiner Geliebten spricht und wann mit den

Stadtwerken. Der Mann war von seiner Frau genervt, das konnte jeder sehen. Zudem gab es öfter Streit, weil sie das große Haus nicht verkaufen und er kein Geld für weitere Renovierungen locker machen wollte. Sie fand ihr Glück auf der Couch der Seelenklempnerin und er in den Armen einer Geliebten.«

»Und sein Glück könnte Doreen gewesen sein?«, bohrte Link weiter.

Plötzlich wurde Florentine misstrauisch. »Warum stellen Sie mir diese Frage? Warum wenden Sie sich nicht einfach an Doreen?«

»Leider können wir Doreen Amlung nicht mehr befragen, da man sie ermordet hat, als die Kinder entführt wurden«, antwortete Link sachlich und beobachtete jede Regung im Gesicht von Frau Leuenberger.

»Hm«, brummte die und machte keinen Hehl daraus, dass sie der Tod von Doreen nicht sonderlich traf. »Dann hat sie doch noch ihre Strafe bekommen«, konnte sie sich sogar eine abfällige Bemerkung nicht verkneifen.

»Wir denken, Sie hat versucht, die Entführung zu verhindern«, hielt Link dagegen. Der zweifelnde Gesichtsausdruck seines Gegenübers ließ den Hauptkommissar fragen: »Sie können sich das nicht vorstellen?«

»Nein«, gab Florentine ehrlich zu.

Es entstand eine Pause und Strickle erschien wieder. Mit einem kurzen Kopfschütteln signalisierte er seinem Kollegen, dass sich hinter den beiden verschlossenen Türen keine Hinweise hatten finden lassen.

»Warum haben Sie Doreen Amlung vor dem Haus der Rothmanns aufgelauert?«, bevor die Sechzigjährige diesen Umstand leugnen konnte, fügte er an: »Wir haben einen Zeugen, der das bestätigt.«

»Das liegt ja nun schon lange zurück«, verteidigte sich die Frau. »Ich war wütend und besorgt wegen der Kinder. Ich dachte, vielleicht schreckt sie mein Auftritt ab und sie kündigt.«

»Und macht Platz für Sie?«, warf Strickle ein.

»Und wenn es so gewesen wäre, dann hätte zumindest niemand Sophia und Kilian entführt. Das hätte ich niemals zugelassen.«

Link sah zu Strickle, es war an der Zeit, das Alibi der Frau zu überprüfen: »Wo waren Sie gestern Abend?«, fragte er deshalb.

»Zu Hause wie jeden Abend«, gab Florentine verärgert an. »Ich kann das nicht beweisen«, ergänzte sie giftig.

Und selbst wenn, dachte Strickle, *könnte sie immer noch einen Komplizen haben.*

»Warum sollte ich das den beiden Kleinen antun wollen«, schnauzte sie weiter.

»Womöglich eine Rettungsaktion. Die unfähige Mutter, die zweifelhafte Babysitterin, die zerrüttete Ehe der Rothmanns? Wären das nicht Gründe genug, Kinder retten zu wollen?«, erwiderte der Hauptkommissar.

»Ich bin doch keine Psychopathin«, begehrte Florentine jetzt auf.

»Dann haben Sie sicher auch nichts dagegen, wenn wir uns Ihren Keller ansehen?«, blieb Link freundlich. »Sie haben doch einen Keller, oder?«

»Natürlich habe ich einen Keller, aber ich wüsste nicht, was Sie das angeht. Und überhaupt«, wurde sie noch unfreundlicher, »brauchen Sie dazu nicht wenigstens einen Durchsuchungsbefehl oder so?«

»Denken Sie, den bekommen wir unter den Umständen nicht«, hielt Link ruhig dagegen. »Ich möchte Sie zudem darauf hinweisen, dass wir durchaus berechtigt sind, diese Durchsuchung ohne Beschluss vorzunehmen, denn das Wohl zweier Kinder steht hier auf dem Spiel. Wir werden also erst wieder gehen, wenn wir den Keller gesehen haben«, fügte er mit eisiger Stimme an.

10

In der Nacht

»Wer ist da?«, fragte Ingo Hauser über die Gegensprechanlage, als es gegen Mitternacht an seiner Tür klingelte. Ohne zu zögern, öffnete er, als man ihm antwortete. »Ich würde gerne behaupten, überrascht zu sein, aber das bin ich nicht«, sagte er mit einem selbstgefälligen Grinsen anstatt einer Begrüßung. Dann drehte er seinem späten Gast den Rücken zu und bat ihn hinein.

Wenige Sekunden später traf ihn ein harter Schlag auf den Kopf, er stürzte vornüber. Noch bevor er die Hände zur Verteidigung in die Höhe reißen konnte, krachte erneut etwas gegen seinen Schädel – er verlor das Bewusstsein. Eine Stunde später, er war wieder zu sich gekommen, quälten ihn ungekannte Schmerzen.

»Ich habe alles gesagt, ich habe doch alles gesagt!«, jammerte er und Tränen liefen ihm über das Gesicht.

Man hatte ihm die Daumen gebrochen, als er sich geweigert hatte zu sprechen. Die Knochen waren unter den Schlägen des Hammers wie die Schale einer Walnuss zersplittert.

»Aufhören, ich sage alles, wirklich alles!«, hatte er geschrien, aber die Qual sollte kein Ende nehmen. Obwohl er sich nicht geweigert hatte preiszugeben, was eigentlich sein Geheimnis hätte bleiben sollen, zog man ihm nun langsam die Schuhe und anschließend die Socken aus. Die an den Stuhl gefesselten Beine konnte er kaum bewegen; durch das Reiben der Schnur an den Knöcheln hatte er sich bereits blutig gescheuert. Doch das war nichts gegen den unglaublichen Schmerz, der seinen Körper regelrecht zerriss, als der Hammer brachial auf dem Mittelfußknochen aufschlug. Die Entschlossenheit, mit der das Werkzeug geschwungen wurde, ließ keinen Zweifel daran, dass man Ingo Hauser das unermessliche körperliche Leid mit geradezu sadistischer Freude zufügte.

Die Schreie, die Ingo ausstieß, hatten kaum noch etwas Menschliches. Der nächste Schlag zertrümmerte die Zehen, ließ die Haut aufplatzen und nach dem dritten Treffer sah man bereits Knochensplitter, die sich durch das Fleisch nach außen geschoben hatten.

Ingo verlor das Bewusstsein, als die Prozedur am zweiten Fuß wiederholt wurde, aber irgendetwas holte ihn zurück ins Leben. Eiskaltes Wasser ergoss sich über seinem Kopf und obwohl er um Gnade winselte, endete sein Martyrium nicht. Plötzlich wurde er dem Messer gewahr, das zunächst kommentarlos vor seinen Augen balanciert wurde.

»Weißt du, was ich damit jetzt tue?«

Ingo weinte, bettelte um Gnade und vor Angst entleerte sich seine Blase, was mit hämischem Gelächter kommentiert wurde.

Mittlerweile wünschte sich Ingo nicht nur zurück in die Ohnmacht, sondern sehnte sich sogar nach dem Tod. Er hatte in seinem Leben nicht viel Gutes vollbracht, sich stets darauf konzentriert, das Beste für sich herauszuholen. Illusionen über seinen Charakter machte er sich nicht. Er war nie ein guter Mensch gewesen – und doch flehte er nun zu einem Gott, an den er eigentlich nicht glaubte, dass der ihn endlich erlösen möge.

Plötzlich spritzte ihm sein eigenes Blut ins Gesicht. Der Schmerz, als man ihm jetzt das linke Ohr abtrennte, setzte erst einige Sekundenbruchteile nach dem Schnitt ein. Man warf ihm die amputierte Ohrmuschel achtlos in den Schoß.

»Nein, aufhören!«, brüllte Ingo, »töte mich doch endlich!«, doch er sollte auch noch bei vollem Bewusstsein erleben, wie man ihm das rechte Ohr entfernte. Dieses Mal war es kein schneller Schnitt, sondern ein langsames, qualvolles Schneiden, so als würde man ein stumpfes Plastikmesser verwenden.

Ingo schrie die ganze Zeit, drehte den Kopf hektisch hin und her, was es nur noch schlimmer machte. Er hoffte nun darauf, dass das viele warme Blut, das ihm an Hals und Nacken entlanglief, genug sei, um seinen Körper am Weiterleben zu hindern; aber noch schienen seine Adern ausreichend damit gefüllt.

Mittlerweile hatte er das Gefühl, die Klinge überall zu spüren. Ein brennender Schmerz auf der Stirn und das Blut, das nun in seine Augen floss, ließen ihn wissen, dass man ihm gerade das Gesicht zerschnitt. Als das Messer in seine Nasenmuschel gerammt wurde, fühlte er kaum noch etwas und als endlich der finale Schnitt über seine Kehle erfolgte, da empfand er sogar Erleichterung, denn gleich sollte es vorbei sein.

Nur ganz verschwommen nahm er die Gestalt wahr, die sich jetzt in einigem Abstand vor ihm auf den Boden gesetzt hatte, um ihn beim Sterben zu beobachten. Blut hing in seinen Wimpern, verschleierte ihm den Blick – und plötzlich überkam ihn eine unendliche, tiefe Trauer. Er hatte versagt, er hatte auf ganzer Linie versagt.

11

Dienststelle der Kriminalpolizei in Karlsruhe, am nächsten Morgen

Hauptkommissar Link saß mit grauem Gesicht in der Cafeteria der Dienststelle und schlürfte den heißen Kaffee, den ihm die Kantinenchefin Caroline Ginter automatisch vor die Nase gestellt hatte.

»Schwere Nacht?«, fragte sie ihn nun, als sie den Korb mit den noch dampfenden Tassen aus dem Geschirrspüler hievte.

Er nickte, was sie nicht sehen konnte, aber sie kannte auch so die Antwort, da sie wie gewöhnlich bestens über alle Vorgänge im Haus informiert war. »Kindesentführung ist schlimm«, sagte die Fünfundfünfzigjährige und drehte sich wieder zu ihm um. »Wo steckt denn Elias?«, wollte sie schließlich wissen und ergänzte: »Ich habe ein Stück Streuselkuchen für ihn aufgehoben.«

»Natürlich«, entgegnete Link desillusioniert. Er hatte es längst aufgegeben, sich über die Bevorzugung des jüngeren Kollegen zu ärgern.

Caro, wie sie von allen genannt wurde, grinste wissend und plötzlich stand ein Teller neben Links Kaffeetasse. »Ich vergesse dich doch nicht«, säuselte sie und reichte dem Hauptkommissar eine Kuchengabel. Der Streusel sah verführerisch aus, sicher von Caro selbst gebacken.

Link verschlang ihn mit wenigen Bissen. »Der ist fantastisch, gibt es noch mehr?«, lobte er und unterließ es zu erwähnen, wie winzig das Stück doch für einen erwachsenen, arbeitenden Mann gewesen war.

In diesem Augenblick tauchte Strickle auf, der, kaum dass er saß, seine Portion serviert bekam.

»Wie sollte es auch anders sein«, brummte Link und sah voller Neid auf den Teller des Kollegen. Caro hatte für Strickle mindestens ein Viertel des gesamten Kuchens aufgehoben.

»Willst du was abhaben?«, bemerkte Strickle den Blick des Kollegen und witzelte: »Erinnerst mich gerade an den Labrador einer Bekannten. Der hat immer genau so geguckt und wenn er nicht schnell genug gefüttert wurde, begann er zu sabbern.«

»Jetzt reicht's aber«, reagierte Link leicht

beleidigt, ließ sich aber mit einem großzügig bemessenen Stück Streuselkuchen besänftigen.

Einige Minuten aßen die Hauptkommissare schweigend, dann meinte Strickle: »Ist eine richtige Scheiße, oder?«

Link konnte dem nicht widersprechen. Nichts passte zusammen. Daniel Rothmann schied als Vater von Doreens ungeborenem Kind aus. Das hatte der DNA-Test ergeben, dessen Ergebnis sie nach einer Sonderschicht des Labors vor wenigen Minuten erhalten hatten. Außerdem war da noch Florentine Leuenberger. Link konnte nicht umhin, Mitleid für die Sechzigjährige zu empfinden und doch traute er ihr nicht. Mit Unbehagen dachte er zurück an die gestrige Durchsuchung ihres Kellers. Widerwillig war Florentine mit den Beamten die Treppen hinabgestiegen. Dass sie, bereits bevor das Kellerabteil geöffnet wurde, sagte: »Ich habe nichts Unrechtes getan«, ließ bei den Hauptkommissaren die Alarmglocken läuten.

Das kleine Kabuff war mit einer schweren Kette zusätzlich gesichert, auch diese übertriebene Maßnahme verhieß nichts Gutes. Schließlich öffnete Florentine mit trotzigem Gesichtsausdruck die Tür und das Licht flammte auf. Das Abteil war klein, vielleicht vier oder fünf Quadratmeter groß, aber dort gab es nichts, was auch nur im Ansatz einem typischen Keller glich.

Link hätte sich gewünscht, sagen zu können: »Alles ganz normal und unauffällig«, aber das entsprach nun einmal nicht der Wahrheit.

Nichts in Florentines Keller war normal. Und im ersten Moment befürchtete Link sogar, direkt auf den Tatort eines Verbrechens gestoßen zu sein, als er in die leblosen Gesichter blickte. Erst eine Sekunde später registrierte sein Gehirn, dass er Schaufensterpuppen und keine Menschen anstarrte. Jemand hatte sie um einen Campingtisch platziert, auf klapprige Stühle gesetzt und daran festgebunden, damit sie nicht auf den Boden rutschten. Sie trugen Kleider und auf dem Tisch stand Geschirr. Es bedurfte keiner psychologischen Fähigkeiten, um zu erkennen, dass Frau Leuenberger in diesem kalten, schmucklosen Kellerabteil ihre Familie zum Leben erwecken wollte. Auf den Gesichtern der Schaufensterpuppen klebten Fotos. Großgezogene Aufnahmen, grobkörnig, aber dennoch konnte man die Mienen zuordnen. Link hatte ähnliche Bilder bereits in Florentines Wohnung gesehen. Sie zeigten die Tochter, den Schwiegersohn und die beiden Enkel der Frau. Erschreckenderweise zählte er jedoch sechs Puppen. Zwei Erwachsenen- und vier Kinderpuppen – und auf zweien klebten die Fotografien von Sophia und Kilian Rothmann.

Florentine weinte, als man sie kurz darauf in den

Streifenwagen setzte. Ein Team der Kriminaltechnik durchforstete später gründlich die Wohnung der Frau, öffnete Schubladen und Schränke, verrückte die Möbel und ließ keinen Winkel aus, um Hinweise auf den Verbleib der Rothmann-Kinder zu finden. Allerdings ergebnislos. Frau Leuenberger besaß keine Immobilien und zumindest offiziell schien sie auch nichts angemietet zu haben, das ihr als Versteck für Sophia und Kilian hätte dienen können.

»Ich habe nichts getan«, sagte sie später bei der Befragung auf dem Revier.

»Sie spielen im Keller Kaffeeklatsch mit lebensechten Puppen«, ging Strickle die Frau scharf an.

»Das ist kein Verbrechen«, wehrte sich Florentine, deren Gesichtsausdruck zwischen Wut und Verzweiflung schwankte.

»Es ist kein Verbrechen«, blieb Strickle hart, »aber es wirft Fragen auf. Vor allem, weil Sie auch für Sophia und Kilian eine Puppe aufgestellt haben. Was heißt das jetzt? Dass die beiden bereits tot sind und deshalb in Ihren geheimen Geisterbeschwörungszirkel aufgenommen wurden?«

»Nein«, kreischte Florentine, »wie können Sie so etwas annehmen? Ich liebe die beiden wie meine Enkel.«

»Womöglich suchten Sie ja Spielgefährten fürs

Jenseits. Damit Ihre Enkelkinder nicht so einsam sind?«, ging Strickle die Frau weiter an.

»Hören Sie auf«, wehrte sich Florentine vehement. »Ich würde den Kindern niemals etwas antun. Niemals.«

»Vielleicht sind Sie ja der Meinung, dass der Tod eine Erlösung für die beiden war. Sagen Sie uns, wo Sie die Leichen versteckt haben?«

Die Frau wurde immer panischer. »Leichen? Welche Leichen? Ich habe den Kindern nichts getan, das schwöre ich.«

»Dann sagen Sie uns, wo die beiden sind. Wenn Sophia und Kilian noch leben, kann alles noch gut ausgehen. Befreien Sie sich von der Last, der Schuld und man wird Ihnen helfen«, drängte der Hauptkommissar weiter.

»Mir kann niemand mehr helfen«, entgegnete Florentine bitter. Sie schien sich wieder im Griff zu haben. »Und ich habe meiner Aussage nichts hinzuzufügen. Ich habe die beiden nicht entführt.«

Link übernahm und fragte weniger ruppig als Strickle: »Wissen Sie denn, wo die Kinder sind?«

»Nein, ich weiß es nicht«, bleib Florentine unnachgiebig.

»Warum diese Puppen im Keller?«, erkundigte sich Link freundlich.

Sie zögerte, war aber bereit, eine Antwort zu

geben. Jedoch fiel es ihr schwer, die richtigen Worte zu finden. »Denken Sie, ich weiß nicht, dass das wirkt, als wäre ich verrückt?« Sie lachte jäh auf. »Dabei stand ich immer mit beiden Füßen fest auf dem Boden der Tatsachen.« Sie blickte Link an, ignorierte Strickle, vermutlich weil sie von Letzterem nicht annahm, dass der irgendetwas verstand. »Aber ich konnte dieses Gefühl der Einsamkeit nicht überwinden, das Gefühl, dass man mir etwas genommen, einen Teil aus mir herausgerissen hatte.« Sie senkte den Kopf und hauchte: »Ich wollte einfach heilen.« Tränen hatten sich in ihren Augen gesammelt. Sie blinzelte und salzige Tropfen kullerten über ihre Wangen. »Aber es klappt nicht, ich kann einfach nicht mehr heilen. Bei den Puppen zu sitzen, da unten im Keller, wenn das Licht trüb ist und ich die Augen schließe, bringt mich ihnen näher. Ich erwarte nicht, dass Sie das verstehen, aber ich denke, Sie könnten es wenigstens respektieren.« Mit einem lauten Atemzug hatte sie sich aufgerichtet. »Ich bin entsetzt, dass Sie mir eine Kindesentführung unterstellen, aber das ist Ihr Job. Dennoch versichere ich Ihnen, dass ich keine Ahnung habe, wo sich Sophia und Kilian befinden. Mein größter Wunsch ist momentan, dass die beiden schnellstmöglich wohlbehalten wieder auftauchen.«

Daraufhin hatten sich die Kollegen außerhalb des Verhörzimmers beraten und entschieden Florentine

Leuenberger gehen zu lassen.

»Wir setzen ein Überwachungsteam auf sie an. Wenn Sie etwas mit der Entführung zu tun hat, finden wir das auf diese Weise am schnellsten heraus«, hatte Strickle vorgeschlagen und Link war einverstanden gewesen.

Mittlerweile war es sechs Uhr morgens und Florentine Leuenbergers Entlassung lag erst dreißig Minuten zurück. Laut letzter Info der Kollegen hatte ein Taxi die Leuenberger vom Polizeirevier direkt in ihre Wohnung gebracht.

Während die Beamten sich Kaffee nachgießen ließen, meinte Link: »Doreens Kind stammte nicht von Daniel Rothmann, ihre Freunde und ihr Gynäkologe haben ebenfalls keine Ahnung.«

»Dennoch steht im Raum, dass Rothmann seine Frau betrügt oder zumindest betrogen hat«, übernahm Strickle.

»Und mit wem?«, fragte Link resigniert.

»Ich habe mir die Protokolle noch einmal angesehen. Daniel Rothmann war am Abend der Entführung bei Tilda Furrer, einer seiner freien Mitarbeiterinnen. Die hat das bestätigt. Wie wichtig kann diese Besprechung jedoch gewesen sein, dass er seinen Theaterabend mit der Ehefrau hat sausen lassen? Ich habe mit den Kollegen gesprochen, die

die Befragung vorgenommen haben, Tilda Furrer sieht offenbar ganz gut aus.«

»Und das macht Rothmann bereits zum Ehebrecher?«, hielt Link dagegen.

»Nein, natürlich nicht, aber wenn die Leuenberger die Wahrheit gesagt hat, dann hat er offenbar eine Geliebte.«

»Was uns bei der Entführung nicht weiterhilft«, warf Link mit gerunzelter Stirn ein.

»Es sei denn, er hat auf diese Weise den Hausverkauf vorantreiben wollen. Überleg doch mal«, ereiferte sich Strickle für seine Theorie. »Er braucht Geld für die Firma und die Gemahlin verwehrt ihm den Zugang zur einzig möglichen Geldquelle. Was, wenn er nun die Entführung seiner Kinder vortäuscht? Allerdings bräuchte er dazu Hilfe. Eine Geliebte eignet sich doch hervorragend dafür.«

»Ist das nicht ein bisschen zu weit gedacht? Ein Hausverkauf braucht schließlich seine Zeit«, gab sein Kollege zu bedenken.

»Sicher, aber wenn es ihm nur um den Schreckmoment ging und die Kinder wieder wohlbehalten auftauchen, wird die Ehefrau bestimmt einem Verkauf zustimmen. Jetzt wo sie davon ausgeht, dass die große luxuriöse Villa die Entführer angelockt hat. Vermutlich will sie ihre Kinder dort nicht mehr großziehen.«

»Einverstanden, wir reden mit Tilda Furrer, auch wenn es womöglich nur dazu dient, deine etwas waghalsige Theorie zu widerlegen.«

12

Etwas später

»Willst du das wirklich weiter durchziehen?«, fragte Tilda ihren Gesprächspartner am anderen Ende der Leitung.

»Was habe ich denn für eine Wahl?«, hörte sie die Antwort, in der die Anklage mitschwang, sie würde ihn nicht verstehen.

»Es ist zu gefährlich und es dauert bereits viel zu lange«, sprach sie dennoch ihre Befürchtungen aus.

»Es dauert, solange es eben dauert«, waren die letzten Worte, die sie hörte, bevor das Gespräch unterbrochen wurde. Er hatte einfach aufgelegt.

Tilda blickte zum Spiegel über der kleinen Kommode. Ein Erbstück ihrer geliebten Großmutter. Er war alt, aber passte dennoch perfekt zu der geschmackvollen Einrichtung. Womöglich taten das auch die Ratschläge, die ihre Vorfahrin für sie stets parat gehabt hatte. Tilda verzog die geschwungenen Lippen zu einer missbilligenden Grimasse. »Ja, ich weiß Oma, lass dich nie mit einem verheirateten Mann ein.« Sie seufzte. »Aber heute ist das anders, Scheidungen sind kein Problem mehr«, fügte sie laut an, nur um dann zu brummen: »Lediglich die Typen, die sich nicht scheiden lassen wollen, sind das Problem.«

Ihre Gemütslage schwankte zwischen Wut, Sorge und Resignation. Einserschülerin, abgeschlossenes Studium, bereit Karriere, Ehe, Kinder und Haushalt gleichzeitig zu schultern, musste Tilda leider schnell feststellen, dass sich ihre Pläne nicht so leicht umsetzen ließen. Das größte Manko war der fehlende Traumprinz. Die Zweiunddreißigjährige hatte immer genaue Vorstellungen gehabt, selbst die Hochzeitsplanung stand in ihrem Kopf schon seit Jahren fest. Aber der Richtige kam einfach nie und dann eines Tages …

Die Klingel riss sie aus ihren Gedanken. Automatisch sah sie auf die Uhr. Erst kurz nach sieben. Plötzlich bekam sie Panik, denn Besuch um diese Zeit verhieß nichts Gutes.

Hauptkommissar Strickle drückte voller Ungeduld erneut auf den Klingelknopf.

»Vielleicht sind sie zusammen abgehauen«, warf Link ein und bezog sich auf die Nachricht, die sie noch in der Polizeikantine erreicht hatte.

Besorgt hatte ihnen Hauptkommissar Visser mitgeteilt, dass Daniel Rothmann samt den achtzigtausend Euro verschwunden wäre. Seine Frau Agnes hatte keine Erklärung dafür.

»Bevor ihr ihn zur Fahndung ausschreibt«, hatte Link vorgeschlagen, »lass uns noch mit Tilda Furrer sprechen. Strickle hat eine Theorie, womöglich ist die doch nicht so abwegig.«

Jetzt standen sie vor einer Doppelhaushälfte im Karlsruher Stadtteil Durlach und warteten auf eine Reaktion. Offensichtlich ein Neubau, bei dem nur noch die Außenbeleuchtung angebracht, der Eingangsbereich geplättelt und der Staub von den Kellerfenstern entfernt werden musste.

»Wer ist da?«, hörten die Beamten endlich eine Stimme, die alles andere als freundlich klang.

»Polizei«, antwortete Strickle wahrheitsgemäß, »es geht noch einmal um den Abend, als Herr Rothmann bei Ihnen war.« Er zwinkerte Link zu, flüsterte, nachdem der Summer betätigt wurde:

»Soll sie denken, wir kommen nur wegen ein paar Formalien.«

Link unterließ es anzumerken, da er die Strategie seines Kollegen nicht schlechtreden wollte, dass Tilda Furrer, sollte sie in das Verbrechen verwickelt sein, vermutlich nicht so naiv war.

Hinter der Tür empfing sie eine Frau in langem Seidenbademantel.

Sie sah ausgesprochen hübsch aus, auch wenn sie jetzt verärgert das Gesicht verzog und fragte: »Was gibt es denn so Dringendes, dass Sie mich aus dem Bett klingeln müssen?«

Link nahm nicht an, dass das wirklich der Fall gewesen war, denn Tilda Furrer trug bereits Make-up und wirkte nicht verschlafen, sondern allenfalls besorgt.

»Tut uns sehr leid«, antwortete er jedoch reuig, fügte dann aber mit vorwurfsvollem Unterton an: »Bei einer Kindesentführung können wir leider keine Rücksicht auf Uhrzeiten nehmen.«

Sie besann sich. Die versteckte Maßregelung ärgerte Tilda und sie hasste es, in einem schlechten Licht dazustehen, deshalb ruderte sie schnell zurück. »Natürlich, Sie haben recht, tut mir leid. Momentan bin ich beruflich sehr eingespannt und deshalb etwas dünnhäutig. Bitte, treten Sie ein, ich habe frischen Kaffee. Sie werden vermutlich überhaupt nicht zum

Schlafen kommen«, wandelte sie sich von der Kratzbürste zur besorgten Bürgerin.

Die Beamten folgten ihr in die Wohnung. Auf den ersten Blick ließ sich, wie erwartet, nichts erkennen, das auf eine Affäre mit Daniel Rothmann deutete.

Sie hatten ihr Vorgehen bereits im Wagen besprochen und da die Zeit knapp wurde, übernahm es Strickle, sehr direkt zu werden. »Sie sind die Geliebte von Daniel Rothmann«, stellte er nüchtern fest. »Warum haben Sie das bei der ersten Befragung verschwiegen?«

Wäre sie unschuldig, würde sie jetzt sofort vehement widersprechen, aber Tilda Furrer sagte überhaupt nichts. Stattdessen holte sie drei Tassen aus dem Schrank und schenkte den Kaffee ein. Sie blickte dabei nicht auf und die Hauptkommissare, die ihr in der offenen Küche gegenüberstanden, bemerkten, dass ihre Hände zitterten.

»Es war mir peinlich«, gestand sie und über Strickles Gesicht huschte ein fast unmerkliches, zufriedenes Grinsen – er hatte also Recht behalten, Tilda Furrer war Daniel Rothmanns Affäre.

Während Tilda den Beamten die Tassen über die Theke schob, sprach sie weiter: »Ich bin selbstständig und das Letzte, was ich gebrauchen kann, ist, dass ich in einen Mordfall oder in eine Entführung mit hineingezogen werde.«

»Das zu entscheiden, steht jedoch nicht in Ihrer Macht«, ging sie Strickle hart an. »Sie haben uns ein wichtiges Detail verschwiegen.«

»Jetzt wissen Sie es ja«, antwortete sie mit finsterem Gesichtsausdruck, »was soll ich tun? Mich auf die Knie werfen und um Vergebung betteln?«

Sie nippte an ihrem Kaffee, nahm eine trotzige Haltung an.

Link mischte sich ein. »Kennen Sie Sophia und Kilian?«

»Flüchtig«, entgegnete Tilda. »Ich habe die beiden gelegentlich in Daniels Büro getroffen.«

»Dann kennen Sie auch Agnes Rothmann?«, bohrte Link weiter.

»Ja, natürlich, alle Welt kennt Agnes, sie war ja im Fernsehen zusammen mit Daniel.«

»Haben Sie Kinder?«, ließ der Hauptkommissar nicht locker.

»Nein, habe ich nicht«, erwiderte Tilda gedehnt und sagte gereizt: »Auf was wollen Sie eigentlich hinaus? Versuchen Sie, mir ein schlechtes Gewissen einzureden, weil ich mit einem verheirateten Mann liiert bin? Das zwischen Daniel und mir begann vor dieser Entführung und dem Mord. Agnes und er kämpfen seit geraumer Zeit mit Eheproblemen. Und ich habe es, weiß Gott, nicht darauf angelegt, mich in einen verheirateten Mann zu verlieben. Ich bin ihm sogar aus dem Weg gegangen. Die ganze Sache ging von Daniel aus. Wenn Sie jemandem ins Gewissen reden möchten, dann bitte ihm.« Sie wurde wütend. »Warum gibt man eigentlich immer der Geliebten die Schuld. Wäre es nicht am Ehemann, sich an sein Treuegelübde zu erinnern.«

»Herr Rothmann hat Ihnen also nicht versprochen, sich von seiner Frau zu trennen?«, überging Link ihre Schimpftirade.

»Doch natürlich will er sich trennen, aber sicher nicht jetzt«, schnauzte sie.

»Wie lange sind Sie bereits ein Paar?«, hakte nun Strickle nach.

»Eineinhalb Jahre«, gab sie bockig Antwort.

»Verraten Sie uns, wo er sich gerade aufhält?«, fragte Link behutsam. »Wir werden ihn doch sowieso finden.«

Tilda fluchte leise, bewegte sich dann grazil ins Wohnzimmer und ließ sich dort auf die Couch gleiten. »Setzen Sie sich«, bat sie lässig, wartete aber nicht ab, bis auch die Polizisten Platz genommen hatten, sondern begann zu sprechen. Sachlich, nüchtern, so als wolle sie einen Vortrag halten. »Meine Oma hat mich vor verheirateten Männern gewarnt. ›Die, die sich eine Geliebte nehmen, halten ihr Wort nicht. Denk immer daran, dass die bereits ihre Ehefrauen, ohne mit der Wimper zu zucken, belügen.‹« Sie lächelte mädchenhaft, als sie sich daran zurückerinnerte, wurde aber gleich wieder ernst. »Ich weiß, dass ich die Verliererin sein werde. Daniel hält mich hin. Erst waren es die Krankheiten seiner Frau, dann die seiner Firma. Die steht nicht gut da, aber das wissen Sie ja bereits. Er hat gehofft, Agnes würde in den Verkauf des Hauses einwilligen und so sein Unternehmen retten. Ich habe ihm gesagt: ›Lass uns etwas Neues anfangen, zusammen‹. Ich habe diese Doppelhaushälfte eigentlich für uns beide gemietet, aber«, sie zuckte mit den Schultern, »stattdessen lebt er lieber weiter mit einer Frau zusammen, die ganz offenbar ein unermesslich großes Geltungsbedürfnis hat.«

»Und das darf ich wie verstehen?«, fragte Link interessiert nach.

Tilda schürzte die Lippen, überlegte, ob es klug war, ausgerechnet jetzt über die Ehefrau ihres Geliebten herzuziehen, konnte sich dann aber nicht mehr beherrschen. Zu viele einsame Abende, verpasste Urlaube und Heimlichtuereien machten es ihr unmöglich, Mitleid für Agnes zu heucheln. Ihr Zorn entlud sich wie ein heftiges Gewitter nach einem schwülen Sommertag. »Ist Ihnen eigentlich nicht in den Sinn gekommen, dass Agnes das Ganze inszeniert hat?«, schleuderte sie Link entgegen.

»Warum sollte eine Mutter so etwas tun?«, hakte der Hauptkommissar zweifelnd nach.

»Weil sich das hervorragend eignet, um wieder einmal von allen beachtet zu werden.«

»Das trauen Sie ihr wirklich zu?«, reagierte Strickle einigermaßen fassungslos.

»Warum nicht? Soviel ich weiß, nimmt die Frau starke Medikamente und hat einen *Dachschaden*. Die Mischung scheint mir perfekt für eine vorgetäuschte Entführung. Solche Fälle gibt es doch.« Sie schwieg, presste ihre Lippen zusammen und schien die Gedanken ihres Gegenübers zu erraten, als sie plötzlich müde lächelte und sagte: »Sie halten mich für eine verbitterte Frau, oder?« Tilda wartete keine Antwort ab. »Aber Sie irren sich. Agnes Roth ist nicht so unschuldig, wie sie tut. Vielleicht weiß sie mittlerweile, dass Daniel eine Geliebte hat. Da ist eine Entführung doch ein gutes Mittel, sich als Ehepaar wieder näherzukommen. In so einer Situation kann er sich doch gar nicht von ihr trennen.«

»Erfahrungsgemäß lassen solche Schicksalsschläge Beziehungen eher zerbrechen, als sie zu kitten«, antwortete Link geradeheraus und betrachtete die junge Frau eingehend. Dass hinter den Anschuldigungen vor allem Verzweiflung steckte, entging ihm natürlich nicht, aber wie weit würde Tilda Furrer gehen, um Daniel für sich alleine zu haben? Auch wenn sie gerade scharf gegen Agnes schoss, könnte das auch heißen, dass sie damit nur von sich selbst ablenken wollte.

»Sie bleiben dabei, dass Daniel Rothmann sich

am Abend der Entführung bei Ihnen aufgehalten hat?«, fragte er deshalb harmlos.

»Natürlich hat er das«, gab sie gereizt zurück. »Dass wir übers Geschäft gesprochen haben, war gelogen, aber alles andere entspricht der Wahrheit. Verdächtigen Sie jetzt etwa ihn?«, fuhr sie fort. »Vergessen Sie das gleich wieder. Daniel liebt seine Kinder abgöttisch.« Link hörte Eifersucht aus ihren Worten heraus und erneut kam ihm der Verdacht, dass Tilda ein Motiv haben könnte, Sophia und Kilian aus dem Weg zu schaffen. Er würde die Kollegen jedenfalls anweisen, tiefer im Leben der Frau zu graben.

»Herr Rothmann ist verschwunden. Wenn Sie also wissen, wo er ist, dann sollten Sie uns das in seinem eigenen Interesse sofort sagen«, fasste Strickle mit etwas Schärfe in der Stimme nach.

»Was denken Sie denn, wo er ist?«, reagierte Tilda schnippisch. »Er versucht, seine Kinder zurückzubekommen.«

Verblüfft sahen sich die beiden Beamten an. Da sie annahmen, der Vater hätte selbst etwas mit der Entführung zu tun und sei nun mit dem restlichen Geld untergetaucht, weil seine Pläne fehlgeschlagen und er auch noch den Mord an Doreen zu verantworten hatte, überraschte sie die Antwort.

Tilda stieß geräuschvoll die Luft aus, antwortete

müde: »Er ist zur Geldübergabe in den Schlosspark gefahren.«

»Und?«, hakte Strickle ungeduldig nach.

»Es kam niemand, aber er wartet immer noch. Ich habe ihm gesagt, dass da etwas nicht stimmt. Aber er will es durchziehen, steht dort wahrscheinlich bis nächste Woche.« Sie schloss kurz die Augen. »Er wird wütend sein, dass ich es Ihnen gesagt habe. Aber ich mache mir Sorgen. Womöglich tut man ihm etwas an«, sie runzelte die Stirn und plötzlich rief sie erschrocken: »Sie werden da doch nicht einfach auftauchen, oder?« Mit einem Mal hatte sie die Befürchtung, dass ihre Offenheit gegenüber der Polizei eventuell ein Fehler gewesen sein könnte. »Was, wenn das ein Test ist, und die Entführer überprüfen wollen, ob Daniel die Polizei im Schlepptau hat?«, drückte sie ihre Sorge aus.

»Wie haben die Entführer mit Herrn Rothmann Kontakt aufgenommen?«, überging Link jedoch ihre Frage.

»Der Bruder, Ingo Hauser, er hat Daniel eine Nachricht überbracht.«

Dieses Mal gelang es keinem der beiden Hauptkommissare, den überraschten Gesichtsausdruck zu verbergen.

»Rufen Sie Herrn Rothmann an«, sagte Link daraufhin bestimmt. Sie wollte widersprechen, aber der Hauptkommissar wiederholte schroff: »Jetzt sofort.«

Tilda tat, was man ihr aufgetragen hatte, murmelte noch: »Ich weiß allerdings nicht, ob er abnehmen wird.«

Glücklicherweise hörten sie kurz darauf Daniel Rothmanns Stimme am anderen Ende der Leitung.

Link nahm Tilda das Handy aus der Hand. »Herr Rothmann, hier spricht Hauptkommissar Link. Ich bitte Sie, was auch immer Sie da gerade tun, abzubrechen. Wenn bis jetzt keiner der Entführer Kontakt aufgenommen hat, wird das auch nicht mehr geschehen. Gleichzeitig behindern Sie die Ermittlungen, denn der gesamte Stab ist gerade dabei, Sie ausfindig zu machen. Gehen Sie nach Hause, bevor die Kollegen eine Fahndung nach Ihnen herausgeben und unsere Ressourcen verschwenden.«

Offenbar war der Appell erfolgreich, denn Rothmann antwortete knapp: »Ihre Kollegen müssen mich nicht länger suchen. Ich fahre nach Hause.«

»Könnte auch alles gelogen sein«, warf Strickle ein, nachdem sie Tilda Furrer verlassen und den Kollegen Visser informiert hatten.

»Warum sollte Rothmann dann zurückkommen?«, fragte Link ungläubig.

»Vielleicht diente das Ganze nur dazu, noch mehr Druck auf die Ehefrau auszuüben. Sind wir doch einmal ehrlich, selbst wenn die Kinder lebend gefunden werden, wird die Mutter dieses Erlebnis nicht so schnell verkraften. Mit Sicherheit wird Agnes Rothmann zunächst kaum in der Lage sein, den eigenen Willen durchzusetzen. Dem Hausverkauf steht somit nichts mehr im Wege«, antwortete ihm Strickle.

»Du denkst weiterhin, der Vater hat die Entführung seiner Kinder vorgetäuscht, um die Ehefrau mürbe zu machen, was den Hausverkauf angeht?«, blieb Link skeptisch.

»Nach wie vor eine Möglichkeit«, entgegnete der Jüngere. »Außer, wir folgen dem Verdacht der Geliebten.«

»Die Mutter als Täterin?«, ging Link darauf ein. »Unwahrscheinlich, aber nicht unmöglich«, fuhr er zu Strickles Überraschung fort. »Allerdings fraglich, wie sie das hätte bewerkstelligen können. Immerhin hat sie seit der Nachricht von der Entführung das Haus nicht verlassen. Wäre das jedoch nicht notwendig gewesen, um die versteckten Kinder zu versorgen?«

»Es sei denn, sie hat einen Partner, zum Beispiel den Bruder«, schlug Strickle vor. »Der verspricht sich womöglich Geld oder ist seiner Schwester einfach treu ergeben. Zusammen könnten die das durchgezogen haben. Wobei ich das Motiv, das uns Tilda Furrer präsentiert hat, nach wie vor für unwahrscheinlich halte.«

»Jedenfalls bin ich gespannt, wie der Bruder da rein passt, immerhin soll er derjenige gewesen sein, der Rothmann die neue Entführernachricht übergeben hat.«

»Visser wird mit Ingo Hauser sprechen«, antwortete Strickle und fragte mit einem Gähnen, »und wie geht es für uns weiter?«

»Zurück aufs Revier, die Kollegen instruieren und dann zwei Stunden schlafen«, schlug Link vor.

Aber die wohlverdiente Pause sollte den Hauptkommissaren an diesem Tag nicht so schnell vergönnt sein.

13

Zur gleichen Zeit

»Ich bin froh, dass Sie mich begleiten«, sagte Agnes Roth zu Valera Pfister. Die Ärztin hatte sich den Tag freigeschaufelt, um an der Seite ihrer verzweifelten Patientin zu sein.

Agnes saß auf dem Beifahrersitz und überließ es der Psychiaterin zu fahren.

»Ich will meinen Bruder zur Rede stellen. Wie kann er hinter meinem Rücken mit Daniel paktieren. Immerhin geht es doch um das Leben meiner Kinder.«

Valera konzentrierte sich auf den Verkehr und ließ Agnes einfach reden. Die Szene, die sie ihrem Mann im Beisein aller Anwesenden gemacht hatte, war heftig gewesen …

»Du Egoist«, hatte Agnes geschrien. »Wie kannst du einfach verschwinden?«

»Ich hatte schließlich einen guten Grund«, hatte Daniel zurückgeschnauzt, »ich wollte unsere Kinder zurückholen.«

»Und du sagst mir nichts, du sagst niemandem irgendetwas?«, schäumte Agnes vor Wut.

»Weil du es sofort der Polizei erzählt hättest und das wollte ich nicht. Ich werde niemals das Leben von Sophia und Kilian riskieren, weil du dich an irgendwelche Regeln halten musst. Deshalb habe ich mich davongeschlichen.«

»Wieso kam mein Bruder überhaupt zu dir? Wieso hat er mich nicht informiert?«, reagierte sie aufgebracht.

»Weil er weiß, dass du nicht in der Lage bist, irgendeine Entscheidung zu treffen«, blieb Daniel ungehalten.

Hauptkommissar Visser wollte sich einmischen, aber noch bevor er auch nur eine Frage stellen konnte, machte Daniel auf dem Absatz kehrt und verschwand in den oberen Stock.

»Wir werden mit Ihrem Bruder sprechen«, versicherte Visser und Agnes hatte einfach nur genickt, sich zurückgezogen, so wie immer.

Während die Beamten im Wohnzimmer mit der

Dienststelle telefonierten, schüttete sie der Ärztin ihr Herz aus, irgendwann stellte die ihr die Frage: »Was würden Sie jetzt am liebsten tun?«

Agnes zögerte und Valera hakte sofort nach. »Ich möchte nicht, dass Sie abwägen, ich wünsche mir eine spontane Antwort.«

»Ich will meinen Bruder zur Rede stellen, jetzt sofort«, brach es plötzlich kämpferisch aus Agnes heraus.

Daraus hatte sich eine kurze Diskussion ergeben, an deren Ende Agnes' Entschlossenheit nur noch größer geworden war. »Ich muss hier einmal raus. Wenn Sie mich benötigen, erreichen Sie mich auf dem Handy, außerdem ist Daniel ja da«, informierte sie Hauptkommissar Visser.

»Sicher, das verstehe ich«, sagte der und warf einen fragenden Blick zu der Ärztin.

»Ich begleite Frau Rothmann«, versicherte die dem Beamten.

Dass sie ihr Weg zu Ingo Hauser führen sollte, hatten die beiden Frauen jedoch unerwähnt gelassen.

»Womöglich ist die Polizei schon bei meinem Bruder, um ihn zu befragen«, begann Agnes plötzlich, einen Rückzieher zu machen, als Ingos

Haus in Sichtweite kam. »Die sind bestimmt wütend, wenn ich dort ebenfalls auftauche. Sollte ich umkehren?«

»Herr Hauser ist Ihr Bruder, Ihr einziger Verwandter. Die Polizei wird Ihnen kaum den Zugang zu ihm verwehren. Aber wenn Sie Angst vor der Begegnung haben, ist das kein Problem«, antwortete die Psychiaterin verständnisvoll.

»Ich habe keine Angst und bin immer noch wütend«, widersprach Agnes.

»Vielleicht sollten Sie das dann auch zum Ausdruck bringen«, riet Valera. »Sie haben durchaus das Recht, Ihrem Bruder Vorwürfe zu machen, immerhin geht es um Ihre Kinder.«

Agnes schien sich im Sitz aufzurichten. »Ich werde ihm meine Meinung sagen und dann fahren wir zurück«, erklärte sie kämpferisch und Valera parkte den Wagen vor der Einfahrt.

* * *

Zur gleichen Zeit

Sophia kam langsam wieder zu sich. Neben ihr hustete Kilian.

»Alles in Ordnung?«, fragte sie den Bruder, aber

der antwortete nicht. Wie jedes Mal, wenn sie in den letzten Stunden wach geworden war, legte sie ihre Hand auf seine Stirn. Er schien immer noch Fieber zu haben. Sie rieb sich die Augen. Irgendetwas hatte sich verändert.

Sie lagen zwar auf einer Matratze, aber die roch anders, und der Eimer, der als Toilette dienen sollte, stand plötzlich in der linken anstatt der rechten Ecke. Sophia spürte die Müdigkeit, hatte Mühe sich aufzurichten, aber dennoch zwang sie sich dazu. Als sie sich abstützte, brannte ihre Hand. Der Schmerzenslaut ließ den Bruder wach werden. Er murmelte etwas, drehte sich zur Seite und schlief wieder ein.

Sophia spürte kalten Boden unter ihren nackten Füßen, aber nach ein paar Schritten stand sie auf einem kratzigen Teppich. Sie blickte zur Decke, stellte dabei fest, dass das Licht nicht mehr von dort, sondern von einem Spalt in der Wand direkt darunter kam. Erst, als sich das Mädchen noch weiter darauf zubewegte, erkannte Sophia, dass dort oben ein schmales Fenster als Lichtquelle diente. Also gab es einen Ausweg. Sie musste nur zu der Scheibe klettern, sie öffnen, und um Hilfe rufen.

Im kleinen Streifen Tageslicht betrachtete sie ihre schmutzigen Zehen, dann fiel ihr die Hand ein und erstaunt stellte sie fest, dass der Schmerz von einer Schnittverletzung der rechten Handfläche herrührte. Sie hatte keinerlei Erinnerung daran, wann das geschehen war. Lange konnte das allerdings nicht her sein, denn wenn sie die Hand fest zusammenpresste, trat immer noch Blut aus. Von ihrem Platz unter dem Fenster sah sie die Tür, dort stand eine Saftflasche, die Schokolade fehlte dieses Mal. Nein, trinken wollte sie nicht, denn jedes Mal war sie danach so furchtbar müde und schlief ein. In einer Ecke entdeckte das Mädchen zwei Stühle, freudig rannte sie darauf zu. Sie waren schwer und es kostete sie unheimlich viel Kraft, die Sitzmöbel zu bewegen.

»Was tust du da?«, hörte sie plötzlich Kilians Stimme.

»Ich hole Hilfe«, antwortete ihm die Schwester.

Er fragte nicht weiter und blieb liegen, was Sophia beunruhigte. Normalerweise wollte Kilian überall mit dabei sein und folgte seiner Schwester auf Schritt und Tritt. Er musste doch noch ziemlich krank sein, was bedeutete, dass sie sich beeilen musste.

Um den etwas kleineren Stuhl auf den größeren zu hieven, benötigte sie einige Versuche, dann jedoch gelang es ihr endlich und das Mädchen kletterte nach oben.

Leider war die provisorische Leiter nicht hoch

genug und sie selbst zu klein, um aus der Scheibe zu sehen. Gerade so und auf Zehenspitzen stehend, erreichte sie das schmutzige Glas mit den Händen. Mit aller Kraft trommelte sie dagegen, aber dabei entstand kaum ein hörbares Geräusch. Verzweifelt überlegte Sophia, was sie tun könnte, und mit einem Mal kam ihr eine Idee.

»Eine Nachricht«, flüsterte sie aufgeregt, »ich muss eine Nachricht hinterlassen, dann findet mich Mama.«

Auf der gefährlich wackelnden Konstruktion balancierend, presste sie erneut die rechte Hand fest zusammen und wartete, bis sich das Blut auf der Handfläche verteilte, dann drückte sie die linke dagegen, bis auch an der die rote Körperflüssigkeit klebte. Mit großer Anstrengung streckte sie sich weit nach oben und drückte die blutverschmierten Hände fest gegen die Scheibe, so, wie sie es bei ihren Schmetterlingsbildern getan hatte.

Mama wird das erkennen, redete sie sich selbst Mut zu.

Doch als sie die Hände von der Scheibe nahm, verlor sie das Gleichgewicht, die gestapelten Stühle begannen zu wackeln, und plötzlich stürzte das ganze Gebilde in sich zusammen. Sophia fiel zu Boden, schlug hart mit dem Kopf auf. Der Krach weckte Kilian, dieses Mal blieb er nicht liegen.

»Sophia?«, rief er erschrocken und kletterte von

der Matratze. Als er seine Schwester erreichte, sah er im schmalen Lichtstrahl das Blut an ihren Händen. Sie antwortete ihm nicht, hatte die Augen geschlossen.

»Sophia!«, bettelte er und begann an ihr zu rütteln. »Bitte, du musst aufwachen!«

14

Villa von Ingo Hauser

Agnes drückte energisch die Klingel und als nicht sofort reagiert wurde, wiederholte sie diesen Vorgang mehrfach. Schließlich hämmerte sie gegen die Tür und rief laut Ingos Namen.

»Vielleicht ist er nicht da«, warf Valera Pfister ein, die hin- und hergerissen war, wie sie jetzt am besten reagieren sollte.

Wäre es besser, Agnes das auf diese Weise durchziehen zu lassen oder könnte es dienlicher sein, an dieser Stelle abzubrechen, um die Patientin anschließend mit ihren Gefühlen zu konfrontieren?

»Er ist zu Hause«, erwiderte Agnes, »sein Auto steht doch auf dem Parkplatz!«

»Herr Hauser könnte zu Fuß unterwegs sein«, schlug Valera vor.

»Der geht keinen Meter zu Fuß, wenn er nicht muss«, blieb Agnes Rothmann jedoch ungeduldig und entschloss sich kurzerhand, das Haus zu umrunden. Bei Ingo Hausers Villa handelte es sich um einen flachen Bau im Bungalowstil. Die Fassade hätte eine Renovierung benötigt und auch der Garten wirkte ungepflegt, aber dennoch lag der geschätzte Wert im oberen sechsstelligen Bereich.

Valera wusste von Agnes, dass sowohl die als auch der Bruder ihre jeweiligen Häuser von den Eltern geerbt hatten.

Sie beschloss, ihrer Patientin zu folgen, hielt allerdings etwas Abstand und begann erst, als sie den spitzen Schrei vernahm, zu rennen.

Agnes befand sich bereits im Haus, hielt sich die Hand vor den Mund und stammelte: »Nein, nein, das kann nicht sein.«

Valera betrachtete sie einen Augenblick mit gerunzelter Stirn, dann fiel ihr Blick auf die Leiche.

Merkwürdigerweise war ihr erster Gedanke, dass die auf dem Stuhl gefesselte Gestalt mit den abgeschnittenen Ohren, den zertrümmerten Händen und Füßen, dem zerschnittenen Gesicht und der gespaltenen Nase einer übertriebenen Halloween-Dekoration glich. Erst dann bewegte sie sich auf

Agnes zu, die schon dabei war, die Leiche zu berühren.

»Ist das Ingo«, wimmerte Agnes und begann an den Fesseln zu reißen. »Man muss ihn losmachen, er sollte nicht … Er ist gefesselt, er hat sicher Schmerzen … einen Krankenwagen …«

Die unzusammenhängenden Worte begleiteten Agnes' Zerren und Reißen an den Fesseln. Noch bevor jemand hätte Einspruch erheben können, schnappte sich die Frau das Messer, das mit blutiger Klinge auf dem Boden lag, und schnitt damit die Stricke durch. Der Körper sackte in sich zusammen, der Stuhl kippte und Agnes schrie auf, während Valera die Polizei verständigte.

Hauptkommissar Visser war bereits auf dem Weg zu Ingo Hauser und traf deshalb wenige Minuten nach dem Anruf der beiden Frauen ein. Er unterließ es, über die Kontamination von Tatorten zu sprechen und brachte Agnes Rothmann und Valera Pfister aus dem Haus.

Als Link und Strickle etwas später dazustießen, saß Agnes zitternd in einem Rettungswagen, während Valera ihre Hand hielt.

»Es ging so schnell«, erklärte Letztere tonlos. »Ich hätte reagieren müssen, aber Frau Rothmann rannte aufgebracht in den Garten, die Terrassentür stand offen und bevor ich etwas sagen konnte, schnitt sie ihren toten Bruder los. Ich stand regelrecht unter Schock, konnte überhaupt nicht klar denken. Es tut mir leid, dass ich nicht eingegriffen habe.«

»Warum waren Sie überhaupt da?«, fragte Strickle ungeduldig.

»Frau Rothmann wollte Herrn Hauser zur Rede stellen«, gab die Psychiaterin reserviert zurück. »Das kann man ja wohl nachvollziehen«, fügte sie an und es klang wie eine Maßregelung.

Strickle kommentierte ihre Antwort mit missbilligend hochgezogenen Augenbrauen und sah fragend zu Link.

Der wollte gerade etwas anfügen, als einer der Streifenbeamten außer Atem auftauchte und sagte: »Max, Elias, die brauchen euch.« Mit einem entsprechenden Seitenblick auf die Frauen signalisierte er den Kollegen, dass er vor denen nicht sprechen konnte.

Die Beamten folgten dem Mann und trafen auf Hauptkommissar Visser, der zusammen mit dem Teamleiter der kriminaltechnischen Mannschaft im Wohnzimmer stand. Er hielt eine der Archivierungstüten in den Händen.

Quentin Visser machte ein betroffenes Gesicht, als er mit rauer Stimme mitteilte: »Das haben wir im Briefkasten gefunden.«

Link und Strickle traten näher. »Was ist das?«, fragten sie quasi gleichzeitig und betrachteten das blutverschmierte Stück Stoff.

»Könnte vom Pyjama der kleinen Sophia stammen«, klärte ihn Visser auf. »Das Muster entspricht der Beschreibung der Eltern. Rosa Schmetterlinge auf weißem Stoff. Das ist eine verfluchte Scheiße«, fügte er verzweifelt hinzu.

»Und das Teil lag einfach so im Briefkasten?«, versuchte Link zu verstehen.

Der Kollege nickte, ergänzte dann noch: »Keine Nachricht, kein Hinweis, keine Forderung. Nur der Stofffetzen.«

»Was sagt die Gerichtsmedizin?«, hakte Link nach, der sich momentan keinen Reim auf die neue Entwicklung in dem Fall machen konnte.

»Sieht so aus, als hätten Ingo Hauser Schläge auf den Kopf außer Gefecht gesetzt. Vermutlich mit einem Hammer, der auch später benutzt wurde. Anschließend wurde er mit gewöhnlichen Stricken gefesselt und gefoltert. Tödlich waren, wenn ich das richtig verstanden habe, die Stichverletzungen«, bemühte sich Visser, den vorläufigen Bericht des Gerichtsmediziners wiederzugeben. »Den Hammer haben wir bisher nicht gefunden, das Messer stammte aus dem Messerblock in der Küche. Agnes Rothmann hat es angefasst, vielleicht finden wir noch andere Fingerabdrücke. Aber wir nehmen eher an, dass es bewusst zurückgelassen und nach der Tat abgewischt wurde.«

»War der Mord an Ingo Hauser eine Warnung?«, fragte einer der anwesenden Kollegen.

Visser fühlte sich angesprochen und antwortete: »Warnung weshalb? Dass wir in dem Fall ermitteln, ist kein Geheimnis mehr. Die Entführer wissen das längst und denen muss doch auch klar sein, dass wir uns nicht mehr zurückziehen können und werden. Den Onkel umzubringen, macht doch keinen Sinn. Wenn überhaupt, dann ist der Stofffetzen eine Warnung«, erklärte der Beamte mit Nachdruck.

»Oder eine Todesmeldung«, warf jemand anderes ein und einige der umstehenden Polizisten nickten mit traurigen Mienen.

»Auch das macht keinen Sinn«, mischte sich Link ein. »Im Gegenteil. Die Entführer wollen doch sicher nicht, dass wir in einer groß angelegten Aktion die ganze Stadt durchkämmen. Momentan halten wir uns nur aus einem Grund zurück, weil wir die Kinder nicht in Gefahr bringen möchten. Alles, was uns davon überzeugt, die beiden wären tot, führt zwangsläufig dazu, dass wir uns rücksichtsloser bewegen können. Und warum den Onkel ermorden? Der hat seinen Job doch wie gewünscht erledigt. Wenn es stimmt, was Daniel Rothmann ausgesagt hat, war es Ingo Hauser, der die letzte Nachricht der Entführer an der Polizei vorbei an ihn weitergeleitet hat. Daniel Rothmann hat sich daraufhin mit den achtzigtausend Euro in den Schlosspark begeben. Warum fand die Übergabe nicht statt?«

Visser verstand, auf was der Kollege hinauswollte, und sagte: »Du denkst, Ingo Hauser steckte da mit drin?«

»Wenn ja, würde sich zumindest erklären, warum niemand das Geld abgeholt hat. Denn Ingo Hauser war zum vereinbarten Übergabetermin bereits tot«, erwiderte Link. »Aber man hat ihn nicht einfach getötet, man hat ihn gefoltert und gequält, warum tut jemand so etwas?«

»Aus Sadismus, oder weil sich derjenige erhoffte, etwas zu erfahren«, warf Strickle ein.

»Ein Streit unter Partnern«, schlug Visser vor. »Hauser plant mit einem oder mehreren Helfern die Entführung seiner Nichte und seines Neffen. Er hofft auf das Geld seines Schwagers und leitet Entsprechendes in die Wege. Immerhin kennt er die Villa der Rothmanns, deren Gewohnheiten, womöglich sogar den Babysitter …« Visser brach ab, da ihm eine Idee kam.

Link hatte den gleichen Gedanken und sprach deshalb für den Kollegen weiter: »Wir wissen immer noch nicht, wer der Vater von Doreen Amlungs ungeborenem Kind ist. Ich denke, ein schneller

Abgleich mit der DNA von Ingo Hauser könnte uns eine Antwort liefern.«

»Er hat sie umgebracht«, überlegte Strickle laut, »obwohl sie sein Kind bekam?«

»Vielleicht war das die Tat des Komplizen, vielleicht geriet das einst verliebte Paar aber auch in Streit, momentan sind das nur Spekulationen«, entgegnete Link. »Irgendwie müssen wir dieses Chaos schnellstens sortieren, denn meiner Meinung nach hat die Ermordung des Bruders direkt mit dem Entführungsfall zu tun. Die Kollegen sollten umgehend das Leben von Ingo Hauser durchleuchten, alles könnte wichtig sein. Wo hielt er sich für gewöhnlich auf? Welche Leute traf er? Stellt fest, ob er einen wie auch immer gearteten Kontakt zu Tilda Furrer hatte, der Geliebten des Vaters. Und durchsucht das Haus nicht nur mit dem Gedanken, dass der Tote ein Mordopfer ist, sondern auch, dass er der mögliche Entführer der Rothmann-Kinder sein könnte«, ergänzte Link.

Das Team setzte sich in Bewegung, nur Visser blieb zurück und wandte sich an Link: »Aber warum hat der Komplize nicht die Gunst der Stunde genutzt und das Geld im Schlosspark beim Vater abgeholt? Kaum anzunehmen, dass Hauser den Treffpunkt unter der Folter nicht preisgegeben hätte.«

»Womöglich, weil es dem Komplizen nicht um

das Geld ging«, erwiderte Link angespannt. »Ich habe jedenfalls ein verdammt ungutes Gefühl«, gab er offen zu. »Können wir feststellen, wessen Blut das auf dem Stofffetzen ist?«

Visser bestätigte das. »Wir haben DNA-Proben der Kinder aus dem Haus der Rothmanns genommen. Das Labor wird uns bei einer Übereinstimmung umgehend informieren, nur den Eltern sollten wir davon vorerst nichts erzählen.«

15

Wenig später saß Hauptkommissar Link im Wagen von Valera Pfister und steuerte diesen zum Haus der Ärztin. Strickle fuhr mit dem Dienstwagen hinterher, während man Agnes Rothmann nach dem Schock zur Beobachtung ins Krankenhaus brachte.

»Das wäre nicht nötig gewesen«, wiederholte die Ärztin zum x-ten Mal.

»Es muss Ihnen nicht unangenehm sein, Hilfe anzunehmen«, versuchte Link, die Frau zu überzeugen. »Raten Sie das nicht auch immer Ihren Patienten«, fügte er lächelnd an.

Valera entspannte. »Ja, ich weiß, aber ich gestehe, dass es mir schwerfällt, Schwäche zuzugeben.«

»Sie haben einen Tatort betreten, sind auf einen grausamen Leichenfund gestoßen und stehen unter Schock. Ich denke nicht, dass man das als Schwäche bezeichnen kann.«

»Sicher, aber jetzt fühle ich mich schlecht, weil ich Sie von der Arbeit abhalte. Ein Taxi wäre ebenfalls in der Lage gewesen, mich nach Hause zu bringen und meinen Wagen hätte ich dann später abgeholt.«

Was für eine sture Frau, dachte Link, der die Haltung von Valera jedoch durchaus verstand. Er hasste es nämlich ebenfalls, anderen Menschen Umstände zu machen.

»Sagen wir doch einfach, ich nutze die Fahrt, um Ihnen ein paar Fragen zu stellen. Vielleicht fällt es Ihnen dann leichter, meine Hilfe anzunehmen.«

»Einverstanden«, entgegnete die Ärztin, fügte aber an: »Solange es nicht unter meine Schweigepflicht fällt.«

»Ich werde mich bemühen«, antwortete Link leichthin, wurde dann jedoch ernst.

»Sie sind sicher eine gute Beobachterin«, sagte er und warf der Frau einen schnellen Seitenblick zu.

»Na ja, ich will kein Geheimnis daraus machen, dass ich die Vorgänge seit der Entführung auch aus der Sicht der Medizinerin betrachte. Womöglich lässt mich das kalt und unmenschlich erscheinen, aber ich sammle automatisch Fakten, genau wie Sie.«

»Das dachte ich mir schon«, erwiderte Link freundlich und stoppte abrupt, als die Ampel in letzter Sekunde auf Rot sprang.

»Sie haben mittlerweile viele Stunden im Haus der Rothmanns verbracht.« Er bemerkte, dass sie einen Einwurf machen wollte und sprach schnell weiter: »Es geht nicht um Frau Rothmann, sondern um Ingo Hauser. Soviel mir bekannt ist, war auch der nach der Entführung öfter Gast. Vielleicht ist Ihnen an ihm etwas aufgefallen.« Link, der immer noch vor der Ampel stand, sah sie nun direkt an. »Womöglich haben Sie etwas bemerkt, störten sich an einer Bemerkung oder Handlung. Irgendetwas, das Ihnen damals oder im Nachhinein ungewöhnlich vorkam.«

Valera lachte leise auf, zeitgleich ertönte ein Hupen.

Strickle im Wagen hinter ihnen war der Verursacher. Link zuckte zusammen, die Ampel hatte längst auf Grün geschaltet, und er fuhr zügig an.

»Leider kann ich Ihnen wenig sagen. Ich gebe zu, dass er mir nicht sonderlich sympathisch war. Typischer Narzisst, ausgesprochen egoistisch, einer der Männer, die sich für unwiderstehlich halten. Er hat mich angemacht, als wir uns im oberen Bad begegnet sind. Angeblich suchte er dort Kopfschmerztabletten.«

»Interessant«, erwiderte Link, »Sie hielten das nicht für die Wahrheit?«

»Keine Ahnung«, reagierte sie irritiert, meinte

dann: »Sie sind ein aufmerksamer Zuhörer. Aber ja, Sie haben Recht, ich vermutete, er wäre vielleicht auf der Suche nach etwas Stärkerem. Ich verschreibe Agnes Rothmann Medikamente, wenn es ihr sehr schlecht geht, womöglich war er daran interessiert. Ich gebe auch zu, dass ich für einen Augenblick versucht war, der Sache auf den Grund zu gehen und den Badezimmerschrank über dem Waschbecken zu öffnen. Aber dann habe ich mich ermahnt, und diese Indiskretion in einem Haus, in dem ich Gast war, unterlassen.«

Link griff zum Telefon, erreichte den Kollegen Visser und sagte ohne große Erklärung: »Jemand soll zusammen mit Daniel Rothmann den Inhalt des Schranks im oberen Badezimmer überprüfen.« Ein schneller Seitenblick zu Valera folgte.

»Der Spiegelschrank über dem Waschbecken«, präzisierte sie für Link noch einmal, was der wiederum weitergab.

»Ich hoffe, ich konnte helfen«, sagte Valera, als sie deren Haus erreichten. »Sie können auf der Straße parken«, fügte sie dankbar an.

»Unsinn«, erwiderte Link. »Öffnen Sie das Tor, das macht keine Umstände.«

Sie lächelte und kramte in ihrer Handtasche nach dem Türöffner. Langsam fuhr das automatische Portal zurück und gab den Blick auf das dahinterliegende wunderschöne alte Haus frei.

»Ein tolles Anwesen«, schwärmte Link.

»Ja, und ein Projekt fürs Leben«, gab sie seufzend Antwort. »Aber als ich es sah, habe ich mich sofort verliebt.«

»Wie lange besitzen Sie das Haus schon?«

»Erst seit ein paar Monaten. Ich bewohne das obere Stockwerk, das habe ich notdürftig herrichten lassen. Im Sommer beginnen die eigentlichen Arbeiten. Ich will unten Praxisräume einrichten, um mich zu vergrößern, eventuell einen Kollegen an Bord holen. Die Genehmigungsverfahren für den Umbau sind bereits abgeschlossen.«

Der Hauptkommissar fuhr hinein und parkte. Valera stieg aus und auch Link verließ den Wagen. Mit schnellen Schritten umrundete er das Fahrzeug, drückte ihr den Schlüssel in die Hand und begutachtete noch einmal den alten Bau. Kleine Erker, eine Art Turm, Säulen und die breite Steintreppe gaben dem Gebäude fast schon ein palastähnliches Aussehen. »Wirklich fantastisch«, lobte er noch einmal.

»Wenn es fertig ist, lade ich Sie gerne zu einer persönlichen Führung ein.«

Link hätte das alte Gemäuer am liebsten sofort erkundet, aber das Hupen von Strickle, der ungeduldig vor dem Tor wartete, riss ihn unsanft aus der Schwärmerei. Valera lächelte erneut: »Sie können sich auch gerne die Baustelle ansehen, aber«, mit einem Zwinkern deutete sie mit dem Daumen in Richtung Tor, »ich glaube, Ihr Kollege hat dafür kein Verständnis.«

»Nein, der wäre nur begeistert, wenn Sie einen Sportplatz eröffnen würden.«

Valera lachte, sagte dann freundlich: »Ich danke Ihnen fürs Fahren. Mir geht es auch schon wieder besser. Wenn Sie noch Fragen haben, erreichen Sie mich über mein Handy. Sicherlich gehe ich später noch einmal bei Agnes Rothmann vorbei.«

Link hatte bereits kehrtgemacht, da fiel ihm spontan etwas ein. »Eines würde mich noch interessieren?«, hielt er Valera einen Augenblick zurück.

Sie sah ihn auffordernd an.

»Bemerken Sie es, wenn Sie ein Patient belügt, Ihnen etwas vorspielt?«

Valera zuckte mit den Schultern. »Schmerz ist etwas sehr Individuelles«, antwortete sie schließlich. »Der eine humpelt mit gebrochenem Bein zwanzig Kilometer zum nächsten Krankenhaus, der andere ist mit einem blauen Zeh nicht mehr in der Lage, das Bett zu verlassen.« Sie lächelte und wieder dachte Link, was für eine schöne Frau Valera doch war. »Was ich damit sagen will, ist, dass auch eine seelische Last bei jedem anders wiegt. Ist es bereits eine Lüge, wenn jemand in unseren Augen übertreibt?«

Sie sah Link an, dass dem die Antwort nicht genügte und ergänzte: »Ich bin leider nicht immun gegenüber Manipulationen. Vor allem wenn ich mit jemandem lange zusammenarbeite und den- oder diejenige sogar mag oder sympathisch finde. Zumal wenn jemand lügt, sich doch die Frage stellt, warum. Das herauszufinden, gehört ebenfalls zu meiner Arbeit.«

Dieses Mal wurde er nicht vom Hupen unterbrochen, sondern vom Klingeln seines Telefons. Während seine Augen auf das Gebäude gerichtet waren und er wie nebenbei den abgeplatzten Lack des alten Geländers, die schmutzigen Kellerfenster und das Unkraut, das entlang der Treppe wucherte, bemerkte, zog sich ihm vor Schreck der Magen zusammen, als er hörte, was sein Anrufer zu sagen hatte. »Was?«, erwiderte er daraufhin entsetzt, sagte in Richtung Valera: »Ich muss sofort los« und begann zu laufen.

»Vielen Dank noch mal«, rief sie und beobachtete, wie sich das Tor hinter ihm schloss.

Strickle machte ein ungeduldiges Gesicht, als Link endlich auftauchte.

»Hat sie dich vom Hof gejagt?«, spielte er auf das Tempo an, das sein Kollege an den Tag legte.

»Notruf vom Überwachungsteam«, schnappte

Link atemlos, während er einstieg, anstatt auf den Scherz einzugehen. »Florentine Leuenberger, sie steht auf dem Dach und will springen.«

Kaum hatte Strickle den Wagen gewendet, erreichte sie ein Anruf vom Haus der Rothmanns.

»Wir haben mit dem Vater gesprochen«, erklärte der Kollege, »in dem Badezimmerschrank werden die Kindermedikamente aufbewahrt. Er ist sich ziemlich sicher, dass der Hustensaft fehlt.«

Auf dem Weg zur Wohnung von Florentine Leuenberger spekulierten die Beamten darüber, was diese Information bedeuten könnte.

»Der Onkel hat Kinderhustensaft geklaut«, begann Strickle. »Bestimmt nicht, um sich daran zu berauschen. Wir wissen von der Mutter, dass der kleine Kilian kurz vor der Entführung kränkelte und gehustet hat. Wenn Ingo Hauser der Entführer war, dann ist das der Beweis. Er hat den Saft für den Jungen gestohlen. Eine Apotheke aufzusuchen, wäre zu riskant gewesen.«

»Und die Leuenberger könnte eine Komplizin gewesen sein. Vielleicht wollte sie die Kinder nicht mehr zurückgeben. Denkbar, dass alles aus dem Ruder lief und sie Ingo Hauser umgebracht hat. Als ihr bewusst wird, was sie da eigentlich getan hat, will sie sich umbringen«, überlegte Link. »Sie hat nach mir verlangt, hört sich an, als gehe es um ein

Geständnis. Vielleicht erfahren wir so auch, wo die Kinder sind.«

Obwohl die Beamten mit Sirene fuhren, war die Straße plötzlich blockiert.

Strickle fluchte: »Verdammter Mist« und öffnete wütend das Fenster. »Hallo!«, brüllte er ungehalten einem der Arbeiter zu, der die Straße für einen Konvoi schwerer Baumaschinen sperrte. »Polizei!«, brüllte Strickle erneut. »Wir haben einen Einsatz, wir müssen da durch.«

Der Bauarbeiter kam zum Auto getrabt. »He Meister, wir sind gleich durch. Die fahren zur alten Schrebergartenkolonie, die wird heute abgerissen.«

»He, *Meister*«, schnauzte Strickle und griff gereizt den Ausdruck des Bauarbeiters auf. »Polizeieinsatz! Wir müssen sofort hier durch. Dieser blöde Schrebergarten steht auch noch in fünf Minuten, aber bei uns geht es um Menschenleben.«

Er wollte noch mehr sagen, aber Link hielt ihn zurück, beugte sich mit dem Dienstausweis in der Hand zur Fahrerseite und sagte freundlich, aber bestimmt: »Das ist ein Notfall. Geben Sie umgehend die Straße frei.«

Widerwillig stoppte der Arbeiter den Konvoi und ließ die Beamten passieren.

Als Link am Haus der ehemaligen Angestellten der Rothmanns ankam, hatte sich dort bereits eine Menschenmenge versammelt. Einer der Kollegen rannte ihnen entgegen. »Wir haben sie seit ihrer Vernehmung auf dem Revier beobachtet, so wie du es angeordnet hast. Sie hat das Haus nicht mehr verlassen und plötzlich steht sie oben auf dem Dach. Ich bin zu ihr, aber sie hat gedroht zu springen und dann verlangte sie nach dir. Mir blieb nur, die Feuerwehr und den Krankenwagen zu verständigen. Allerdings machen es die Bäume vor dem Gebäude unmöglich, ein Sprungkissen aufzustellen.«

Der Beamte, vermutlich keine dreißig Jahre alt, schien geschockt. »Warum tut sie das?«, fragte er spontan, ohne wirklich eine Antwort zu erwarten.

Link sah zu Strickle. »Ich gehe nach oben, versuche, sie zu beruhigen.«

»Sollten wir einen Psychologen hinzuziehen?«, fragte Strickle besorgt.

»Auf jeden Fall«, erwiderte sein Kollege und machte sich auf den Weg.

Die Treppenstufen wollten nicht enden, zumindest kam es dem Hauptkommissar so vor. Die Anspannung, aber auch die körperliche Anstrengung trieben ihm den Schweiß auf die Stirn. Atemlos erreichte er den obersten Stock und entdeckte das Schild mit der Aufschrift »Speicher«.

Er öffnete die Tür und sah sofort den Ausstieg

aufs Flachdach. Umständlich hievte er sich ins Freie und entdeckte Florentine Leuenberger am Rand, wo man sie auch von der Straße aus hatte sehen können.

»Frau Leuenberger«, rief er bereits von Weitem, »ich bin es, Hauptkommissar Link. Sie wollten mich sprechen.«

Sie drehte den Kopf in seine Richtung, lächelte müde.

»Ich bin hier«, rief Link erneut, streckte ihr seine Hände entgegen.

Er beeilte sich, kam näher, sagte laut: »Können Sie mir nicht ein Stück entgegenkommen? Ich bin nicht schwindelfrei«, versuchte er sie zu überreden, vom Rand zurückzutreten. Dabei musste er nicht einmal lügen. Allein das Wissen um die fünfzehn Meter zwischen ihm und dem Straßenbelag versetzten ihn in Panik. Sein Herz raste und es kostete ihn einige Anstrengung, sich der Gestalt am Rand zu nähern.

»Frau Leuenberger, bitte. Treten Sie zurück, dann können wir uns unterhalten.« Er war nur noch wenige Meter von ihr entfernt.

»Ich habe nichts mit der Entführung zu schaffen«, versicherte sie ihm plötzlich.

»Natürlich nicht, das weiß ich doch«, log Link, um die Frau zu beruhigen.

»Ich hätte einem Kind nie irgendetwas angetan«, sprach sie aufgeregt weiter und Tränen liefen über ihre Wangen. »Ich wollte, dass Sie das wissen, bevor ich gehe. Sie müssen Sophia und Kilian finden, die beiden dürfen nicht sterben«, fügte sie an und ihre normalerweise raue Stimme klang mit einem Mal ungewöhnlich sanft.

»Wir werden sie finden«, plötzlich hatte Link eine Idee, sagte schnell: »Aber dazu brauche ich Ihre Hilfe. Helfen Sie mir, die beiden zu retten.«

»Ich weiß, was Sie hier versuchen«, erwiderte Florentine, »aber das funktioniert nicht. Mein Leben ist sinnlos und Sie können mich nicht vom Gegenteil überzeugen. Ich heile nicht mehr. Aber ich bin froh, dass Sie gekommen sind. Ich wollte nicht allein sein.« Sie lächelte ihm noch einmal zu, bevor sie sich nach vorne fallen ließ.

Link stürzte zu ihr, landete auf dem Bauch, glaubte, mit den Fingerspitzen sogar noch den Stoff ihrer Jacke zu spüren – aber er hatte ins Leere gegriffen.

Die Schaulustigen fünfzehn Meter unter ihm schrien auf. Der Körper streifte die Bäume, riss einen morschen Ast mit, dann klatschte er aufs Pflaster, Knochen brachen.

Weitere Schreie drangen an seine Ohren. Er rollte sich erschöpft auf den Rücken, blickte in den grauen Himmel, starr, unter Schock und mit dem Gefühl von Schuld.

»Max? Max!«, schrie jemand, aber Link hörte nur gedämpft, wie Strickle immer wieder nach ihm rief.

»Alles in Ordnung? Max, nun sag doch etwas!« Strickle begann sogar, an seinem Kollegen zu rütteln und der Ausdruck von nackter Angst lag auf seinem Gesicht. »Jetzt sag doch etwas …«

»Geht schon«, kam der endlich wieder zu sich und rappelte sich auf.

»Bist du in Ordnung?«, versicherte sich Strickle erneut.

»Nein«, bekam er zur Antwort, »nein, ich bin nicht in Ordnung«, gab Link gereizt Antwort. »Ich fühle mich scheiße, das hätte nicht sein müssen.« Plötzlich kämpfte er selbst mit den Tränen.

»Wir schaffen dich jetzt runter von diesem verfluchten Dach«, bestimmte Strickle und stützte seinen Kollegen, als wäre der verletzt.

Erst als Link im Dienstwagen saß, begann er zu sprechen. Traurig sagte er: »Wie viele gibt es wohl, die nicht mehr heilen können?«

16

Trotz Strickles Drängen lehnte sein Kollege eine Pause ab. »Wenn ich jetzt nach Hause fahre, dann grüble ich nur die ganze Zeit über den Fall nach. Schlafen kann ich ganz bestimmt nicht.« Hauptkommissar Links Puls beruhigte sich nur langsam und in seinem Kopf schienen die Gedanken wie Nebelfäden hin- und herzuhuschen, um ihm so jede vernünftige Schlussfolgerung unmöglich zu machen.

Strickle konnte ihn zumindest zu einer Pause überreden, nachdem seine Aussage bezüglich des Selbstmords von Florentine Leuenberger aufgenommen war.

Ohne lange zu überlegen, steuerte Strickle das Parkhaus eines Karlsruher Einkaufscenters an. Über mehrere Stockwerke konnte man dort shoppen, aber auch einen guten Kaffee trinken.

Sie fanden eine Nische, in der sie ungestört waren.

Link hatte sich für einen doppelten Espresso entschieden und Strickle tat es ihm gleich; die Servicekraft brachte ihnen die Getränke.

Während Strickle einen Anruf von Visser entgegennahm, beobachtete Link eine Mutter mit zwei Kindern, die Mühe hatte, einen Geschwisterstreit zu schlichten, der sich offensichtlich um einen gelben Filzstift drehte.

Seine Aufmerksamkeit wanderte jedoch bald wieder zurück zu Strickle, dessen ernste Miene keine guten Nachrichten verhieß.

»Der Vaterschaftstest läuft, doch das Labor braucht noch einige Stunden, schneller geht es nicht. Die sind mit Hochdruck an der Sache dran«, begann Visser mit seinen Ausführungen am anderen Ende der Leitung. »Wir haben jedoch etwas gefunden, das womöglich ein Beweis für eine Beziehung zwischen Ingo Hauser und Doreen Amlung sein könnte«, fuhr der Kollege fort.

»Und was genau?«, fragte Strickle

»Die Kriminaltechnik fand in einem Berg Dreckwäsche ein Damen-T-Shirt.«

»Und wie kommt ihr darauf, dass das ausgerechnet Doreen Amlung gehört?«

»Wegen des großen aus Pailletten geformten ›D‹ auf der Vorderseite. Vermutlich ist es versehentlich zwischen Hausers Sachen gelandet und er hat es nicht bemerkt. Wir werden Doreens Mutter ein Bild davon zeigen.«

»Das können wir übernehmen«, schlug Strickle vor. »Schicke mir das Foto, wir fahren gleich bei den Amlungs vorbei. Sonst noch etwas?«

»Der Stofffetzen stammt vermutlich wirklich vom Schlafanzug der kleinen Sophia, zumindest hatte sie einen mit dem gleichen Muster. Auch in diesem Fall arbeitet das Labor auf vollen Touren, damit möglichst schnell die Analyse des Blutes vorliegt. Etwas konnten wir dann definitiv schon feststellen, nämlich dass Ingo Hauser unter akutem Geldmangel litt. Der stand quasi kurz vor der Zwangsversteigerung. Schulden ohne Ende, auch bei dem ein oder anderen dubiosen Geldverleiher. Vielleicht müssten wir dort nach dem Täter suchen.«

»Wir sollten das nicht ausschließen«, stimmte ihm Strickle zu, »allerdings pflegen die, ihre Schuldner nicht zu töten, bevor die nicht bezahlt haben.«

»Den Computer von Ingo Hauser untersuchen die Kollegen von der IT noch, aber falls die Erpresserbriefe von ihm stammten, dann hat er sie nicht gespeichert. Bisher fanden die auch keinen Hinweis darauf, wie und ob er sich mit Doreen Amlung verständigt hat. Jedenfalls scheiden sein

Handy und die üblichen Apps darauf dafür aus. Mehr nach den Laboranalysen. Die kommenden Stunden findet ihr mich im Haus der Rothmanns. Ich hoffe, dass man mit uns wegen der Kinder Kontakt aufnimmt.«

Strickle legte auf und weihte seinen Kollegen ein, der den doppelten Espresso bereits spürte.

»Bist du fit?«, fragte Strickle den Älteren.

»Nein, aber wach«, gab der knurrig Antwort. »Machen wir uns auf den Weg.«

* * *

Das Ehepaar Amlung empfing sie reserviert. »Wissen Sie mittlerweile, wer das meiner Tochter angetan hat?«, fragte der Vater, während die Mutter sie lediglich mit einem Kopfnicken begrüßte.

Beide sahen schrecklich aus. Offenbar waren sie momentan weder in der Lage, sich um sich selbst noch um ihre Wohnung zu kümmern.

»Wir möchten Ihnen ein Bild zeigen«, begann Strickle, »von einem Kleidungsstück.«

Der Vater blickte als erstes auf das Handy des Beamten, schüttelte dann verzweifelt den Kopf. »Ich weiß es nicht, sie hatte so viele Sachen.«

Unwirsch riss plötzlich Frau Amlung das Telefon aus Strickles Hand. »Du hast ihre Kleider ja auch nicht gewaschen, nicht zusammengelegt oder gebügelt, in ihren Schrank getragen und ihr dann geholfen, das Richtige zu kombinieren.«

Ihr Blick fiel auf das Foto und sie stieß einen heiseren Laut aus. »Das gehörte ihr«, rief sie hektisch, »wo haben Sie es gefunden?«

»Könnte es nicht auch sein, dass es nur so ähnlich aussieht wie das Shirt Ihrer Tochter? Vielleicht sollten Sie in Doreens Kleiderschrank nachsehen«, hakte Strickle behutsam nach.

Wütend schaute Frau Amlung den Beamten an. »Ich weiß, dass das meiner Tochter gehört hat.« Sie tippte auf die Vergrößerung und erklärte gereizt: »Hier unten, diese giftgrünen Pailletten, die habe ich ihr aufgenäht. Sie hat das T-Shirt im Internet bestellt. Aber es sollte nicht aussehen wie von der Stange, deshalb haben wir diese Pailletten angebracht, giftgrün, ich fand sie schrecklich, aber Doreen, sie war …, es war …« Die Mutter begann zu stammeln, ihre Hände zitterten und da Link befürchtete, sie würde zusammenbrechen, bot er schnell seinen Arm an und führte sie zum Sofa.

»Ist das wichtig?«, fragte sie schließlich, nachdem ihr Ehemann sie überreden konnte, einige Schluck Wasser zu trinken.

»Vermutlich ja«, gab ihr Link Antwort. Noch wollte er den Eltern nicht mitteilen, dass ihr geliebtes Kind in eine Entführung verwickelt gewesen sein könnte, eventuell sogar vorhatte, ein Verbrechen zu begehen. Deshalb erklärte er nur: »Wir sammeln Fakten, im Moment lässt sich daraus wenig ableiten.«

Dankbar, dass keine weitere Nachfrage von den Eltern folgte, wechselte er schnell das Thema, fragte mehr beiläufig: »Gab es oder gibt es eigentlich einen Platz, an den sich Doreen hätte zurückziehen können?«

Unverständnis erschien auf den Gesichtern von Herrn und Frau Amlung.

Link präzisierte: »Vielleicht eine Tante mit Häuschen im Schwarzwald, ein Ferienappartement, einsam gelegen, oder einen Wohnwagen am Rhein?«

Strickle wusste, worauf sein Kollege hinauswollte. Die Kinder mussten irgendwo versteckt werden. In der Villa von Ingo Hauser hatten die Kollegen keine Hinweise gefunden, vielleicht war Doreen für das Versteck verantwortlich gewesen.

»Unsere Tochter hätte kaum Interesse an einem Aufenthalt im Schwarzwald gehabt«, entgegnete schließlich der Vater. »Doreen fand schon unseren Schrebergarten schrecklich.«

»Ihren *Schrebergarten*?«, fragte Link sofort nach. »Wo ist der?«

»Oh, wir haben ihn nicht mehr, die gesamte Kolonie wird abgerissen. Wir mussten die Hütten schon im letzten Herbst räumen.«

Die Beamten sahen sich an, erinnerten sich an den Abrisstrupp, der sie noch vor kurzer Zeit aufgehalten hatte.

* * *

Kurz darauf saßen Link und Strickle im Auto, fuhren mit Sirenen zu der ehemaligen Schrebergartenkolonie, die jedoch bereits dem Erdboden gleichgemacht worden war.

»He Meister«, erinnerte sich der Arbeiter an Strickle. »Wir kennen uns doch, Polizei, oder?«

Strickle nickte und als er das breite Grinsen des anderen sah, unterließ er es, mit einer beißenden Bemerkung zu reagieren.

»He, ich mach' nur Spaß«, erklärte der Arbeiter gutgelaunt. »Ich wollte Sie nicht beleidigen.«

»Schon in Ordnung«, erwiderte Strickle und grinste ebenfalls.

»Was suchen Sie denn hier?«

»Ehrlich gesagt fragen wir uns, ob man in einer der Hütten zwei Kinder versteckt gehalten hat?«, gab Strickle Auskunft.

Sein Gegenüber zeigte sich sofort betroffen. »Um

Gottes willen, doch nicht diese schreckliche Entführungssache?«

Die Beamten nickten bestätigend und der Arbeiter wirkte regelrecht geschockt. »Habe selbst drei Kinder, will mir nicht vorstellen, was die Eltern gerade durchmachen.«

Dann erinnerte er sich daran, dass man von ihm eine Antwort erwartete und erklärte schnell: »Wir haben vor dem Abriss alle Hütten durchkämmt. Keiner von uns wollte eine Katze oder einen streunenden Hund auf dem Gewissen haben. Die Kinder waren definitiv nicht hier.«

»Ist einem von Ihnen etwas aufgefallen, vielleicht Kleidung, irgendwelche Spuren?«

Mit einem scharfen, lauten Pfiff, der die Beamten zusammenfahren ließ, signalisierte der Mann seinen Kollegen, sich um ihn herum zu versammeln. Die Gruppe wurde informiert und tatsächlich meldete sich einer der Männer und sagte: »Ich hatte drei Hütten, in denen Matratzen lagen. Entweder haben Jugendliche da ihre Partys gefeiert oder ein Obdachloser hat sich dort aufgehalten. In einer waren Reste von einem Feuer.«

»Spielsachen, irgendetwas, das auf den Aufenthalt von einem Kind hindeuten könnte?«, hakte Link nach.

»Saftflaschen und Schokoladenpapier«, gab der

Mann bereitwillig Auskunft, »aber Müll liegt hier überall herum.«

Dennoch ließen sich die Beamten die Stelle zeigen.

»Ist nicht mehr viel übrig«, sagte Link zu Strickle, als man sie über das Gelände führte.

Bagger hatten den Schutt bereits zu einem Haufen aufgetürmt, Bretter stapelten sich auf einem anderen und sollte es irgendwelche Spuren gegeben haben, dann waren diese mittlerweile zerstört.

Die Hauptkommissare bedankten sich und kehrten zurück zum Wagen.

»Ist das jetzt gut oder schlecht, dass die Kinder nicht mehr da waren?«, wollte Strickle wissen. Er wurde deutlicher. »Sollten wir uns darauf einstellen, dass man sie nicht lebend von hier fortgebracht hat?«

»Wir sollten uns auf alles einstellen«, antwortete Link ehrlich. »Zwei Morde sind bereits geschehen, wer auch immer dahinter steckt, hat seine Skrupel längst verloren.«

»Wenn wir von Hauser als Täter ausgehen und Doreen als seine Freundin ebenfalls beteiligt war, wer ist dann der dritte im Bunde? Der, der die anderen umgebracht hat?«

»Erinnerst du dich noch an die Worte der Geliebten von Daniel Rothmann?«, fragte Link müde.

»Tilda Furrer in der Doppelhaushälfte, die Agnes Rothmann verdächtigt hat«, reagierte Strickle sofort.

»Valera Pfister gestand ein, dass sie selbst als Psychiaterin nicht in der Lage wäre, jede Lüge zu erkennen. Vielleicht hat sie sich in der Einschätzung ihrer Patientin getäuscht. Womöglich sind Agnes Rothmanns Probleme weit komplexer als bisher angenommen«, spekulierte Link.

Sie hatten das Fahrzeug mittlerweile erreicht und Link ließ sich schwerfällig auf den Beifahrersitz fallen. »Fahren wir zu den Rothmanns, womöglich ist uns da etwas entgangen«, schlug er vor.

Während der Fahrt schloss Link seine müden, rotgeäderten Augen, allerdings konnte er nicht abschalten, sondern durchlebte wieder und wieder die letzten Stunden. Es war kaum zu glauben, dass die Entführung erst vor zwei Tagen stattgefunden hatte. Ungern berief er sich auf Statistiken, denn es gab immer Ausnahmen, aber bei einer Entführung blieb tatsächlich nur ein knappes Zeitfenster, bevor man mit dem Schlimmsten rechnen musste.

Wieder versuchte er, sich zu konzentrieren, ging im Geiste alle Personen durch, die in dem Fall relevant waren: Agnes, die Mutter, verzweifelt, liebevoll, verloren, unterstützt von der Psychiaterin Valera Pfister. Die ehemalige Haushaltshilfe, Florentine Leuenberger, die sich umgebracht hatte. Tilda Furrer, die Geliebte des Vaters, Doreen

Amlung, eventuelle Geliebte des Bruders Ingo Hauser und das erste Mordopfer. Link dachte an Kinder, die um einen Filzstift stritten, an einen Ehemann, der der Polizei nicht traute, an Doreens Eltern, eine Schrebergartenkolonie, große Anwesen und kleine Mietwohnungen, einen fensterlosen Keller mit Schaufensterpuppen, aufgehäuften Schutt, Dreck und Staub und einen Schlafanzug mit Schmetterlingsmotiv.

Plötzlich schnellte Link in die Höhe. Sie bogen gerade in die Sackgasse, an deren Ende das Haus der Rothmanns stand. Ihm war etwas eingefallen und er fragte sich, wie er das hatte übersehen können. »Ich muss sofort wissen, wo sich wer gerade aufhält!«, wandte er sich hektisch an seinen Partner.

Strickle stellte keine Fragen, er kannte Link lange genug, um zu wissen, dass der dabei war, Licht ins Dunkel zu bringen. Also schnappte er sich sein Handy und telefonierte mit dem Kollegen.

»Laut Visser«, sagte Strickle wenige Minuten später, »sind die Rothmanns zusammen mit Valera Pfister im Haus. Tilda Furrer wird nicht überwacht, aber wir haben ihre Handynummer und er kann einen Wagen zu deren Haus schicken oder wohin auch immer du möchtest.«

Link zögerte kurz. Er hatte sich entschieden und sagte: »Ich gehe zu den Rothmanns und du wirst fahren.«

Strickle blickte den Kollegen groß an, als der ihm mit wenigen Worten die Lage erklärte, bevor er aus dem Wagen stieg.

Erst außer Reichweite der Rothmanns stellte Strickle die Sirene an. Sollte Link recht haben, dann durfte er jetzt keine Zeit verlieren.

17

Zur gleichen Zeit klingelte Link an der Haustür von Agnes und Daniel Rothmann.

Visser empfing ihn mit fragendem Blick und Link flüsterte: »Ich denke, wir werden bald schlauer sein.« Mehr konnte er nicht sagen, denn schon erschien Daniel Rothmann.

Der sagte lediglich: »Ich nehme an, Sie bringen keine Neuigkeiten.«

Link schüttelte bedauernd den Kopf, was Rothmann dazu veranlasste, abfällig zu bemerken: »Wie auch, die Polizei ist ja damit beschäftigt, meine Ehe zu zerstören.« Damit machte er auf dem Absatz kehrt und verschwand im Wohnzimmer.

Agnes musste die Unterhaltung gehört haben, denn als ihr Mann den Raum betrat, warf sie ihm mit tränenerstickter Stimme an den Kopf: »Du hast unsere Ehe zerstört und sonst niemand.«

Danach hörte man ein Schluchzen und Link fragte seinen Kollegen: »Was ist hier passiert?«

»Es gab eine Aussprache«, erklärte Visser und leiser fügte er an: »Ich hätte das gerne verhindert. Jedenfalls hat Daniel Rothmann sein Verhältnis mit Tilda Furrer gestanden.«

»In der Situation?«, reagierte Link verständnislos.

»Vermutlich das schlechte Gewissen, vielleicht auch die Angst, dass das nicht mehr lange geheim bleiben wird«, mutmaßte Visser.

Link betrat den Raum und fand Agnes auf der Couch vor. Sie weinte leise, zerknüllte in ihren Händen ein Papiertaschentuch und sah nicht auf. Neben ihr wie ein Fels in der Brandung saß Valera Pfister. Sie wirkte ruhig, schien sich von dem Schock nach dem Leichenfund erholt zu haben.

»Ich verliere alles«, schluchzte Agnes laut. »Mein Bruder ist tot, meine Kinder sind in den Händen von Entführern und mein Mann betrügt mich seit Monaten.«

Daniel, der mit dem Rücken zu den anderen stand und aus dem Fenster starrte, zischte: »Hat es dich denn jemals interessiert, ob ich da bin oder nicht?«

Anstatt zu antworten, sah Agnes zu ihrer Ärztin, die schüttelte den Kopf, woraufhin sich Link dazu hinreißen ließ, zu sagen: »Wäre es nicht besser, Herr und Frau Rothmann würden sich unter vier Augen unterhalten?«

Bevor irgendwer etwas erwidern konnte, fuhr Daniel herum und schnappte: »Das sind die ersten vernünftigen Worte, die ich heute höre.«

»Natürlich siehst du das so«, mischte sich Agnes ein, »du willst mich nur alleine sprechen, damit du mich wieder einlullen kannst mit deinen Versprechungen und schönen Reden.«

»Nein«, schnappte Daniel, »ich will dich nicht einlullen, ich will mich entschuldigen und dir erklären, warum es meiner Meinung nach so weit gekommen ist.«

»Das interessiert mich nicht«, erwiderte Agnes kalt und dann kehrte die Sanftheit in ihre Stimme zurück, als sie anfügte: »Mich interessieren nur noch meine Kinder.«

Link blickte zu Valera Pfister, nahm an, die würde eingreifen, ihrer Patientin zumindest zu einem Gespräch raten, aber stattdessen sagte die zu Daniel: »Akzeptieren Sie die Entscheidung Ihrer Frau.«

Link wusste nicht so recht, wo er ansetzen sollte, er wartete ungeduldig auf eine Meldung von Strickle. Die Ärztin schien ihm anzumerken, dass es eine neue Entwicklung gegeben hatte und ihm entging nicht, dass sie ihn durchschaute.

»Vielleicht sollte ich mich verabschieden«, sagte sie vermutlich deshalb und machte Anstalten aufzustehen.

Link reagierte schnell. »Bitte bleiben Sie, ich wäre Ihnen sehr dankbar«, fügte er an. »Womöglich benötige ich noch Ihre Dienste.« Sein Blick wanderte vielsagend zu Agnes, die wie ein Häuflein Elend in sich zusammengesunken war.

Valera blieb zwar sitzen, entgegnete jedoch: »Sie könnten mich in so einem Fall auch anrufen, ich habe weitere Verpflichtungen. Ist es denn wirklich so dringend?«

Link zögerte nicht, sondern nickte.

Natürlich sahen ihn nun auch die Eltern fragend an.

»Ich denke, Sie haben noch nichts herausgefunden«, blaffte Daniel und Link überlegte, wie er nun reagieren sollte. Seinen Verdacht äußern und riskieren, falsch zu liegen, oder schlimmer, dadurch womöglich die Kinder in Gefahr zu bringen?

Alle Augen ruhten auf ihm und er entschied sich, Agnes Rothmann direkt anzusprechen: »Wie gut kannten Sie Ihren Bruder?«

»Wie man seinen Bruder eben kennt«, antwortete die unsicher.

»Würden Sie ihn als Ihren Vertrauten bezeichnen?«, bohrte Link weiter.

»Wir standen uns nahe«, erwiderte sie ausweichend.

»Haben Sie ihm alle Ihre Geheimnisse anvertraut?«, ließ Link nicht locker.

»Nein«, sagte sie irritiert. »So war unsere Beziehung nicht. Ich habe mich um ihn gekümmert, wenn es ihm nicht gut ging. Ich war für ihn da. Es war eher so, als wäre ich manchmal ein wenig Muttterersatz.«

»Muttterersatz«, wiederholte Link harmlos. »Eine Mutter, auf die er gehört hat?«

»Gelegentlich«, entgegnete Agnes mit einem Stirnrunzeln, »auf was wollen Sie eigentlich hinaus?«

»Ich frage mich, ob Ihr Bruder nicht, nach all den Jahren, in denen Sie für ihn da gewesen waren, Ihnen eine Gefälligkeit geschuldet hat?«

»Ich kann Ihnen versichern«, warf Daniel zynisch ein, »dass er meiner Frau mehr als nur eine Gefälligkeit geschuldet hätte. Ingo hatte echte Nehmerqualitäten.«

»Rede nicht so über meinen Bruder«, reagierte Agnes gereizt, »wenigstens hat er mich nicht betrogen.«

Daniel lachte kurz auf, schwieg aber.

»Nein, ich habe von Ingo nie etwas verlangt«, gab Agnes zurück. »Was soll diese Fragerei überhaupt?«

»Womöglich ist es Ihnen aber auch entfallen?«

»Was, um Himmels willen?«, brach es aus Agnes heraus und Link betete, dass endlich der Anruf von Strickle käme.

Da sein Handy jedoch nicht klingelte, blieb ihm jetzt nichts anderes übrig, als noch einen Schritt weiterzugehen. »Zum Beispiel, dass er Doreen Amlung töten sollte, da Sie diese für die Geliebte Ihres Mannes hielten.«

Alle Anwesenden reagierten mit entsprechenden Ausrufen des Unverständnisses und der Überraschung.

Link fuhr trotzdem fort, beobachtete, wie Valera Pfister beruhigend ihre Hand auf Agnes' Arm legte. »Um den Mord zu kaschieren, überlegten Sie sich diese Geschichte mit der Entführung. Doreen ein zufälliges Opfer, Sie, die arme unglückliche Mutter, die das Mitgefühl der Menschen bekommt und in zwei, drei Tagen würden die Kinder wieder gesund und munter auftauchen, weil die Entführer aufgegeben hätten.«

»Wie können Sie mir so etwas unterstellen?«, hauchte Agnes eisig. »Ich würde alles geben, wenn meine Kinder wieder bei mir wären. So eine Geschichte zu erfinden …«

Link unterbrach sie. »Sie hatten ja auch nicht vor, die Polizei hinzuzuziehen. Geplant war, dass Ihr Mann nach Hause kommen und seine Geliebte tot vorfinden würde, gleichzeitig sollte er Angst um seine Kinder haben, sozusagen als Strafe.«

»Wie bitte?«, brauste Daniel Rothmann auf. Sein Gesicht hatte sich vor Wut dunkelrot gefärbt. »Das ist der größte Unsinn, den ich jemals gehört habe. Meine Frau wäre nicht in der Lage, unsere Kinder in der Art zu missbrauchen.«

»Sie haben sich geirrt, was die Geliebte anging. Ihr Bruder hat es zudem versaut, jetzt hatten Sie die Polizei im Haus und mussten sich etwas einfallen lassen«, ließ sich Link nicht beirren.

Agnes starrte ihn mit großen Augen an.

»Als Erstes galt es, Kilian mit Medikamenten zu versorgen. Ihr Bruder sollte den Hustensaft aus dem oberen Badezimmer mitnehmen.«

»Augenblick, Ingo hat etwas mit der Entführung meiner Kinder zu tun?«, rief Daniel entsetzt.

»So sieht es zumindest momentan aus«, gab Link zu.

»Und Sie unterstellen meiner Frau, seine Komplizin zu sein?«

Link blieb die Antwort erspart, denn sein Telefon klingelte. Während er Strickles Stimme lauschte, behielt er die anderen im Blick.

* * *

Kurz zuvor

Als Strickle sein Ziel erreichte, verschwendete er keinen Gedanken daran, ob ihn jemand beobachten und falsche Schlüsse ziehen könnte. Jetzt wo er wusste, auf was er achten sollte, fand er es schnell. Im Staub nicht sofort auszumachen und doch bei näherer Betrachtung eindeutig ein Schmetterling, geformt aus den Abdrücken zweier Kinderhände. Hektisch klopfte er gegen die Scheibe, rief Sophias und Kilians Namen. Er leuchtete mit einer Lampe nach unten, hatte jedoch keine Sicht und dann hörte er es, ein leises Wimmern und eine zarte Stimme, die rief: »Wir sind hier, bitte, wir wollen nach Hause.«

Ohne zu zögern, schlug Strickle mit seiner Taschenlampe ein Fenster ein, um ins Haus zu gelangen.

In wenigen Minuten war er im Keller und fand die verschlossene Tür, die zu dem Raum mit dem Schmetterling am Fenster gehören musste. Mit brachialer Gewalt stemmte er das alte Schloss auf und leuchtete in die Dunkelheit.

Am Boden entdeckte er die Kinder, der Junge weinte bitterlich.

»Bitte helfen Sie uns, meine Schwester, sie wacht nicht auf!«

Strickle stürzte zu dem Mädchen, untersuchte es vorsichtig, beruhigte gleichzeitig den Jungen und verständigte die Rettungskräfte und die Kollegen.

* * *

Im Wohnzimmer der Rothmanns

Wie gebannt starrte Agnes Rothmann in Links Gesicht. Sie konnte nicht hören, was der Anrufer zu sagen hatte, aber instinktiv wusste sie, dass es um ihre Kinder ging. Auch Daniel hatte sich umgedreht und verfolgte jede Regung des Hauptkommissars.

»Ich habe die beiden«, gab Strickle am anderen Ende der Leitung Entwarnung. »Das Mädchen ist verletzt, vermutlich Gehirnerschütterung, aber der Notarzt ist zuversichtlich. Du hattest mit allem recht«, bestätigte Strickle und gab seinem Kollegen einen kurzen Bericht.

Das Gespräch endete und Link trat auf Agnes zu. Valera Pfister rückte ein Stück von der Frau ab, als der Hauptkommissar seinen Kollegen Visser informierte: »Ich werde jetzt eine Verhaftung vornehmen.«

Link fixierte immer noch Agnes Rothmann, aber dann wanderte sein Blick zu der Psychiaterin und er sagte hart: »Valera Pfister, ich verhafte Sie wegen Mordes und der Entführung von Sophia und Kilian Rothmann!«

18

Dienststelle Kriminalpolizei Karlsruhe

Valeras Augen blitzten regelrecht, als sie sich von der Polizeibeamtin ins Verhörzimmer führen ließ. »Hasserfüllt« würde Link ihren Gesichtsausdruck später beschreiben.

»Sie haben auf einen Rechtsbeistand verzichtet?«, fragte Strickle sachlich, um das Verhör zu beginnen.

»Es gibt nichts, wofür ich den bräuchte«, schnauzte die Ärztin.

Strickle ließ diese Bemerkung unkommentiert und begann damit, die Personalien der Frau abzufragen.

Als er sie als Psychiaterin bezeichnete, fiel sie ihm ins Wort: »Fachärztin für Psychiatrie und

Psychotherapie, um genau zu sein. Ich nenne Sie ja auch nicht einfach Staatsbediensteter.«

Link nahm das zum Anlass, ihr an den Kopf zu werfen: »Und als *Fachärztin für Psychiatrie und Psychotherapie* haben Sie zusammen mit dem Bruder von Frau Rothmann die sechsjährige Sophia und den vierjährigen Kilian entführt, zunächst Doreen Amlung getötet und anschließend Ihren Komplizen Ingo Hauser. Sie haben sich in die Familie eingeschlichen, so getan, als wollten Sie helfen. Vier Jahre lang waren Sie die Ärztin, die Vertraute von Frau Rothmann. Und dann so eine Tat?«

Link war außer sich; die letzten Tage machten sich bemerkbar. Er hatte seit der Entführung der Rothmann-Kinder so gut wie gar nicht geschlafen. Die Müdigkeit, der Stress und nicht zuletzt der Selbstmord von Florentine Leuenberger hatten ihn am Ende nicht nur unaufmerksam, sondern auch verletzlich gemacht. Das, was geschehen war, lastete schwer auf ihm. Er fühlte sich eingeschnürt, so, als würde ihm die Luft zum Atmen fehlen.

Vermutlich verlor er deshalb auch die Beherrschung und schleuderte Valera entgegen: »Sie haben sich an Kindern vergangen, um Ihrem Liebhaber zu gefallen, um Ingo Hauser zu Geld zu verhelfen! Aber dann fanden Sie heraus, dass er Sie mit dem Babysitter betrog und so musste sowohl Doreen sterben als auch Ihr Geliebter. Während

Ihnen die Kinder völlig gleichgültig waren. Ohne jedes Mitgefühl haben Sie Sophia und Kilian für Ihre Zwecke missbraucht. Das ist … unmenschlich.«

Strickle warf seinem Kollegen einen warnenden Blick zu. Die Kontrolle zu verlieren, würde das Verhör nur unnötig erschweren. Link verstummte jedoch bereits, stieß geräuschvoll die Luft aus und besann sich.

Valera entging, wie sehr der Hauptkommissar mit sich kämpfen musste, denn sie war damit beschäftigt, seine Anschuldigungen zu widerlegen. »Ich bitte Sie«, zischte die Frau deshalb. »Was reden Sie denn da? Ich und eifersüchtig auf irgendein hirnloses Flittchen?« Sie reckte das Kinn. »Sehen Sie mich an, ich bin mehr als nur attraktiv und dazu überdurchschnittlich intelligent. Denken Sie im Ernst, ich würde mich mit einem Versager wie Ingo Hauser einlassen?«

»Wo die Liebe hinfällt«, provozierte Strickle, in der Hoffnung, Valera dadurch noch gesprächiger zu machen.

Sein Plan ging auf.

»Die Liebe?«, rief sie schrill. »Das glauben Sie wirklich, dann sind Sie beide noch schlechtere Menschenkenner, als ich bisher angenommen habe.«

»Bitte, klären Sie uns auf«, fasste Strickle nach, dem der triumphierende Gesichtsausdruck von Valera Pfister nicht entgangen war. Sie hatten einen wichtigen, nicht zu unterschätzenden Zeitpunkt des Verhörs erreicht. Es war so weit, die Schuldige verspürte das dringende Bedürfnis, die Genialität ihrer Verbrechen zu präsentieren. Valera wirkte sogar ungeduldig. Sie hatte augenscheinlich den Wunsch, alles zu erzählen. Jetzt war Fingerspitzengefühl gefragt. Strickle sah unauffällig zu Link, der glücklicherweise zu seiner gewohnten Ruhe zurückgefunden hatte.

Da der allerdings keine Anstalten machte, die nächste Frage zu stellen, setzte Strickle nach: »Sie empfanden keine Liebe für Ingo Hauser, er hat Sie nicht verführt?«

Valera verzog ihr ansprechendes Gesicht zu einer Grimasse, die etwas von der Hässlichkeit erahnen ließ, die im Inneren dieser Frau herrschte. »Ich habe ihn weder geliebt noch hat er mich verführt. Ich kannte den Mann bis vor wenigen Tagen überhaupt nicht. Obwohl«, warf sie mit einem Grinsen ein, »die liebe Agnes hat mir einiges von ihrem Bruder erzählt. Ein Lügner, ein Heuchler, ein Egoist und ein Versager, aber das war ihr natürlich nie wirklich klar geworden. Sie hat ihn stets verteidigt. Etwas, das ihre Ehe auch nicht leichter gemacht hat. Im Prinzip war mir schon seit langem klar, dass sich Daniel Rothmann anderweitig umgesehen hat. Aus Psychologensicht wirklich kein Wunder.« Sie zuckte leicht mit den Schultern, eine Bewegung, die man kaum bemerkte und die dennoch ungemein herzlos anmutete.

»Frau Rothmann war Ihre Patientin, empfanden Sie da nicht das Bedürfnis zu helfen?«, fragte Link sanft nach.

»Das habe ich doch«, antwortete Valera schnippisch. »Ich habe ihr geholfen, ihr gegeben, was sie wollte.«

»Und was war das?«, ließ Link nicht locker.

»Leid. Diese Frau wollte leiden, und ich habe dafür gesorgt.« Der Satz rutschte Valera einfach heraus, ohne dass sie darüber nachgedacht hatte. Für eine Sekunde schien sie diese Offenheit zu bedauern, dann jedoch fand sie sich damit ab.

»Warum?«, wollte Link wissen und verbarg die Fassungslosigkeit, die er empfand, nur mit Mühe.

»Weil es mir gefällt, ganz einfach. Und ich kann es, weil ich besser bin als die andern, weil ich denen überlegen bin«, schnappte Valera. »Ich besitze die Fähigkeit, mein Potenzial zu nutzen.«

»Die Entführung diente also nur dazu, Agnes Rothmann noch grausamer zu quälen. Geht es hierbei um Machtfantasien?«, fragte der Hauptkommissar gereizt.

Das schrille Auflachen der Frau ließ die Beamten zusammenzucken. »Wissen Sie, wann man wirklich richtig mächtig ist?« Sie grinste und sagte dann geheimnisvoll: »Wenn man im richtigen Moment die

Initiative ergreift. Wenn man die Gunst der Stunde zu nutzen weiß. Das zeichnet mich zum Beispiel aus. Ich bin nämlich in der Lage zu agieren, nicht nur zu reagieren.«

»Wann haben Sie die Gunst der Stunde denn nun genutzt?«, hakte Strickle nach. »Als Sie die Kinder entführt haben, als Sie Doreen Amlung getötet haben oder als Ingo Hauser zu Ihrem Folteropfer wurde?«

Mit einem müden »Ach je« beugte sich Valera ein Stück nach vorne und sagte fast flüsternd: »Sie sind vermutlich einer der Typen, der sich mit Fleiß durchs Leben kämpfen muss, weil ein gewisser Mangel an Intelligenz ihm ansonsten ein Dasein in den unteren Gesellschaftsschichten bescheren würde. Lassen Sie mich raten: verschlossen und verstockt, Angst vor Beziehungen, Angst, sich emotional zu sehr zu engagieren, weil eine alte Enttäuschung noch nicht verarbeitet wurde. Viel Ehrgeiz, aber nur mäßiger Erfolg.«

Strickle grinste, so leicht ließ er sich nicht provozieren. »Dann klären Sie mich auf, helfen Sie mir, mit meinem Mangel an Intelligenz alles zu begreifen. Wie genau ist das abgelaufen?«

»Sie halten das fest?«, versicherte sich Valera.

»Wir schneiden mit und verfassen ein Protokoll«, antwortete ihr Strickle freundlich.

»Mit der Entführung hatte ich nichts zu tun«,

fuhr sie daraufhin gelassen fort. »So etwas Idiotisches hätte ich mir niemals ausgedacht.«

»Wussten Sie davon?«, hakte Strickle nach.

Ungeduldig schüttelte Valera den Kopf. »Natürlich nicht, ich sagte doch bereits, dass ich Ingo Hauser nicht persönlich kannte. Die Entführung ist auf dessen Mist gewachsen.«

»Und das wissen Sie woher?«, gab sich Strickle ungläubig.

»Weil er es mir gesagt hat«, antwortete Valera bissig. »Allerdings«, fügte sie an und ein diabolisches Grinsen erschien auf ihrem Gesicht, »allerdings geschah das wiederum nicht ganz freiwillig.«

»Sie haben ihn gefoltert, um ein Geständnis von ihm zu bekommen?«, fragte Strickle noch einmal nach.

Valera sah zu Link, der mit versteinerter Miene ihr gegenüber saß. »Sie haben es verstanden, nicht wahr?«, wandte sie sich direkt an ihn.

Link wich ihrem Blick nicht aus und erwiderte bedächtig: »Ich vermute, Sie haben den Schrank im Badezimmer geöffnet und eins und eins zusammengezählt.«

Valera strahlte. »Es war mehr oder weniger Zufall. Als ich Ingo Hauser im oberen Bad der Rothmanns begegnet bin, da hat er mich belogen. Das zu erkennen, hätte keinen medizinischen Abschluss bedurft. Ich ging nach ihm in das Zimmer und öffnete *natürlich* den Spiegelschrank. Die Rolle des höflichen Gasts liegt mir nicht sonderlich. Jedenfalls fand ich dort nur Kindermedikamente, keine Kopfschmerztabletten oder Ähnliches. Das irritierte mich ein wenig, vor allem als ich keinen einzigen Tropfen Hustensaft entdeckte. Wir hatten ja alle gehört, dass klein Kilian kurz vor einer Erkältung mit Husten stand. Neugierig bin ich Ingo Hauser an diesem Tag gefolgt und der fuhr direkt in die verlassene Schrebergartenkolonie. Ich habe gewartet, mich versteckt und fand schließlich die Kinder in einer der Hütten.«

»Warum haben Sie zu diesem Zeitpunkt nicht sofort die Polizei verständigt?«, fragte Link müde. »Das hätte Sie zur Heldin gemacht. Schlagzeilen, Pressetermine, sicherlich wäre das auch positiv für Ihre neue Praxis gewesen.«

»Und wenn ich das gar nicht will?«, schnauzte sie plötzlich ungehalten. »Ich war mitten in einer Geschichte des Leidens. Ich steuerte bereits die Geschicke, bestimmte über Agnes Gefühle, richtete es mühevoll so ein, dass ihr Schmerz gerade noch erträglich war. Und diese Entführung, das Verschwinden der Kinder, hatte mich zu einem unverzichtbaren Teil ihrer Qualen gemacht. Hätte ich die Polizei verständigt, wären alle plötzlich glücklich gewesen. Wofür hätte man mich dann noch gebraucht? Das konnte ich nicht zulassen, nicht, nachdem ich bereits so viel Arbeit in Agnes gesteckt hatte.«

»Sie meinen, Sie haben die Frau all die Jahre seelisch gequält«, stellte Strickle richtig.

»Ich habe den Status quo erhalten, so wie es Frau Rothmann *wollte*. Agnes genoss doch das Andauern ihres Elends. Wir kamen also beide auf unsere Kosten.«

Link räusperte sich, signalisierte Strickle damit, es vorerst dabei zu belassen und wieder zur Entführung zurückzukehren.

»Sie haben sich also entschlossen, die Kinder nicht zu befreien, sondern stattdessen Ingo Hauser umzubringen?«, brachte der Valera zurück zum Thema.

»Erinnern Sie sich noch«, fragte sie daraufhin zynisch, »wie ich eben von der Gunst der Stunde gesprochen habe?« Sie schürzte die Lippen und zwinkerte übertrieben. »Wenn Sie möchten, dass ein Mensch leidet, dann sorgen Sie für Chaos«, fuhr sie nüchtern fort, als würde sie einen Vortrag vor Fachpublikum halten. »Warum glauben Sie, dass uns der Tod so viel Angst bereitet?« Sie wartete nicht auf seine Antwort, sondern gab sie sich selbst. »Weil wir ihn nicht beherrschen können. Die Gleiche gilt für das Chaos. Wir können es nicht beherrschen und das macht uns Angst. Was denken Sie, wie Agnes Rothmann sich gefühlt hat, nachdem ihr Bruder tot war und zum Hauptverdächtigen in dem Entführungsfall geworden wäre? Und«, nicht ohne Stolz fügte sie noch an, »ich habe ihr gut zugeredet, Ingo aufzusuchen, um ihm die Meinung zu geigen. Seine Leiche zu finden, brach ihr das Herz. Ich konnte sehen, wie sie deshalb unter beinahe schon körperlichen Schmerzen litt.«

»Sie beschlossen also, den Bruder Ihrer Patientin zu töten, nachdem Ihnen klar wurde, dass er der Entführer der Kinder war?«, fasste Strickle nach.

»Vergessen Sie nicht, dass er auch der Mörder dieser Doreen war. Ich habe keinen heiligen Mann getötet. Allerdings habe ich erreicht, was ich wollte. Denn danach entstand ein furchtbares Chaos.« Sie wirkte, als würde sie sich gerade selbst auf die Schulter klopfen.

Strickle empfand die Frau nur noch als widerlich, riss sich aber zusammen und fragte: »Warum die Folter?«

»Das machte es ihm leichter, mir alles zu erzählen. Außerdem war es äußerst erfrischend, den Schmerz körperlich zu provozieren. Das wollte ich immer schon einmal ausprobieren. Auf Dauer stets subtil sein zu müssen, ist furchtbar anstrengend.« Sie registrierte Strickles Missbilligung und meinte lässig: »Ersparen Sie sich den anklagenden Blick. Vor gar nicht allzu langer Zeit gehörten Lobotomien, Schocks durch Eisbäder oder

Elektroschocks als probate Mittel der Heilung in jede psychiatrische Einrichtung.«

»Was hat Ihnen Ingo Hauser erzählt?«, fragte der Hauptkommissar kopfschüttelnd, ohne ihre Worte weiter zu kommentieren.

»Nichts wirklich Überraschendes«, erwiderte Valera gelangweilt. »Auf irgendeiner dieser spießigen Nachbarschaftsveranstaltungen hat er im Haus seiner Schwester Doreen Amlung kennengelernt. Die zwei waren wie füreinander gemacht. Ein gleiches Paar: Faul, dumm und rücksichtslos lebten beide über ihre Verhältnisse. Er brauchte Geld und sie einen Typen, der sie aushalten konnte. Von vornherein bestand er darauf, dass ihre Beziehung geheim blieb, nannte Doreen als Grund, dass das prickelnder wäre. Anonymisierte Chats in irgendwelchen obskuren Online-Foren anstatt Handys, keine Treffen in der Öffentlichkeit und so weiter. Tatsächlich hatte er kein echtes Interesse an Doreen, sondern suchte nur eine Komplizin, die er, falls etwas schief ging, als Drahtzieherin hinhängen könnte. Jedenfalls hat sie sich von ihm einlullen lassen, half ihm und nahm den Job als Babysitter an. Doreen hat die Kinder am Abend der Entführung betäubt, genug entsprechende Medikamente waren ja im Haus, und anschließend alle Spuren verwischt. Geplant war eine nette kleine Inszenierung. Es sollte so aussehen, als wäre Doreen beim Rausbringen des

Mülls überrumpelt und außer Gefecht gesetzt worden. Leider hat die Gute dann offenbar in letzter Minute ihr Gewissen wiedergefunden.«

Strickle und Link sahen sich automatisch an. Die Polizisten dachten das Gleiche. Vermutlich hatte Doreen angesichts der Schwangerschaft tatsächlich ihr Mitgefühl entdeckt und es nicht mehr übers Herz gebracht, Familie Rothmann so etwas anzutun. Da Valera von der Schwangerschaft nichts wusste, war anzunehmen, dass auch Ingo Hauser davon keine Kenntnis gehabt hatte, sonst hätte er es Valera unter der Folter sicher erzählt. Doreen schien es ihm an jenem Abend nicht gesagt zu haben. Wenn doch, hätte er womöglich anders reagiert.

Valera sprach bereits weiter: »Als Ingo kam, um Sophia und Kilian fortzuschaffen, wollte Doreen jedenfalls alles abblasen. Sie gerieten in Streit und er schlug sie tot. Wenigstens war er schlau genug, seine blutbefleckte Kleidung im Rhein zu versenken. Wegen der Beweise im Wagen musste er sich auch keine Sorgen machen. Kurz vor der Entführung hat er die beiden noch mit dem Auto abgeholt, um sie zu einem Kinobesuch einzuladen. Damit wären irgendwelche Hinweise im Fahrzeug leicht zu erklären gewesen. Nach dem Mord hat sich der nette Onkel Ingo die betäubten Kinder geschnappt und sie zu der alten Schrebergartenkolonie gebracht. In der Fantasie dieses Neandertalers sollte die Geldübergabe schnell stattfinden, deshalb hatte er auch die Nachricht zurückgelassen. Tatsächlich hoffte er darauf, dass Daniel und Agnes die Leiche von Doreen verstecken würden, um die Kinder zu retten. Wie gesagt«, ergänzte Valera schnippisch, »der Mann war ein Idiot, nicht einmal fähig zu prüfen, ob sein Opfer wirklich tot war. Sonst wäre es der Kleinen ja kaum gelungen, noch auf die Straße zu kriechen und dem Nachbarn aufzufallen.«

Sie streckte sich ein wenig, um die Schultern zu entspannen, ganz so, als säße sie in einer Besprechung und nicht in einem Verhörzimmer.

»Wie zu erwarten, hat er den Rest dann auch vermasselt. Der Junge wird krank, hustet und ihm fällt nichts Besseres ein, als den Hustensaft vor meiner Nase aus dem Haus der Rothmanns zu stehlen. Zudem ging Hauser auch noch fälschlicherweise davon aus, dass sein Schwager im Geld schwimmt, was aber nicht der Fall ist. Also versucht er, in seiner Verzweiflung hinter dem Rücken der Polizei wenigstens an die achtzigtausend Euro zu kommen, indem er Daniel Rothmann erzählt, es hätte eine weitere Nachricht von den Entführern gegeben. Er plant die Übergabe, aber da komme ich ins Spiel und er hat keine Möglichkeit mehr zu kassieren.«

»Warum haben Sie die Kinder mitgenommen?«, fragte Strickle um einen neutralen Tonfall bemüht.

»Kinder sind ein machtvolles Instrument. Die Schrebergartenkolonie sollte abgerissen werden, man hätte sie daher bald gefunden, aber das war noch zu früh. Verstehen Sie das denn nicht?«, wandte sie sich ungeduldig an die Beamten. »Das war mein Moment im Hause der Rothmanns! Ich wollte nicht, dass es endet, deshalb habe ich die Kinder weggebracht. Ich wollte den Status quo erhalten, Agnes' Leid war doch gerade auf dem Höhepunkt. Außerdem stellten die Kinder kein Problem dar. Hauser hatte den beiden mit Schlaftabletten vermischten Saft zum Trinken gegeben. Die zwei waren die meiste Zeit betäubt. Eine gute Idee, die ich mir abgeguckt habe. Außerdem schnitt ich, während Sophia schlief, ein Stück Stoff von ihrem Schlafanzug ab, verschmutzte ihn mit ihrem Blut und fuhr noch einmal zurück, um den Fetzen in den Briefkasten von Ingo Hauser zu werfen. Ich wusste, dass dieses winzige Textilrechteck das Leid aller Beteiligter noch verstärken würde.«

»Was hatten Sie mit den Kindern vor?«, stellte Link eine Frage, auf die er die Antwort eigentlich gar nicht hören wollte.

Valera Pfister antwortete genervt: »Ich hätte sie nicht in meinem Haus behalten, das war nur eine kurzfristige Lösung und wie sich jetzt herausgestellt hat, ein Fehler. Außerdem hätte ich mich niemals von Ihnen fahren lassen dürfen. Aber hätte ich mich mit noch mehr Vehemenz dagegen gesträubt, wären Sie vermutlich misstrauisch geworden. Ich habe Sie und dieses Balg unterschätzt.«

»Sie hätten die Kinder nie wieder zurückgegeben«, ließ Link nicht locker.

Valera verweigerte die Antwort.

»Sie hätten ein so machtvolles Instrument, wie Sie es nannten, niemals zurückgegeben«, zischte er nun wütend. »Sie wollten sie sterben lassen, oder? Wir fanden keinerlei Lebensmittel in dem Keller, nur die Saftflaschen mit den Schlaftabletten. Wie lange hätte das weitergehen sollen? Ungewissheit für die Eltern und die Polizei. Nach unendlich langen Monaten werden die Ermittlungen eingestellt, womöglich taucht irgendwann wieder ein blutverschmiertes Kleidungsstück der Kinder auf, oder ihre Leichen. Ich nehme an, Sie hätten wie Ingo Hauser rechtzeitig darauf geachtet, dass man Ihnen nichts nachweisen kann. Kleidung und Tatwaffen im Rhein entsorgen. Ihr Auto rechtzeitig verkauft.«

»Ich habe mich häufig im Haus der Rothmanns aufgehalten, natürlich haften dann Spuren der Kinder an meiner Kleidung«, sagte sie überheblich. »Tatsächlich hätte ich Agnes demnächst gebeten, doch einige Dinge ihrer Kinder mitzunehmen, wenn ich sie zu einer Fahrt in die Natur abgeholt hätte, um zu entspannen. Ich hatte einen Plan.«

»Ich verstehe«, sagte der Hauptkommissar gepresst. »Sehr viel Chaos, das zu sehr viel Schmerz führt, das war Ihr Plan.«

»Ich bin, wie ich bin«, gab sie lässig zurück.

»Sie sind eine *Sadistin*«, erwiderte Link daraufhin kalt, »und dafür werden Sie bezahlen.«

EPILOG

Das Gericht kam zu dem Schluss, dass das Geständnis, das Ingo Hauser gegenüber Valera Pfister gemacht hatte, glaubhaft war. Auch die Bestätigung der Vaterschaft war dafür ein weiterer Beweis.

Für ihre begangenen Straftaten wurde Valera Pfister zu einer lebenslangen Haftstrafe mit anschließender Sicherheitsverwahrung verurteilt. Die besondere Schwere der Schuld wurde festgestellt. Im Nachhinein ergab sich aus Zeugenaussagen anderer Patienten, dass die Ärztin nicht nur bei Agnes Rothmann, sondern auch in weiteren Fällen ihren Beruf dazu missbraucht hatte, die sich ihr anvertrauenden Menschen zu manipulieren und so seelisch zu quälen. Ein Gutachten beschrieb Valera Pfister als Sadistin, deren Motivation das Gefühl von Macht sei. Dazu habe sie, anstatt den Patienten zu helfen, sie bewusst durch manipulative Gespräche und zum Teil auch durch Gabe falscher Medikamente in die Verzweiflung getrieben. Dabei sei das Vorgehen stets das Gleiche gewesen. Valera Pfister hatte sich das Vertrauen ihrer Patienten erschlichen, indem sie zunächst echte Behandlungserfolge erzielte. Nach einer gewissen Zeit, in der der Patient ihr gegenüber Vertrauen entwickelt hatte, änderte sie dann die Strategie und begann, gegen das Wohl des Patienten zu arbeiten, ohne dass der das bemerkte. Die negativen Folgen, das Leid des Patienten, kombiniert mit dem dennoch nicht schwindenden Vertrauen, waren das Ziel dieser sadistischen Vorgehensweise. In Agnes Rothmann hatte Valera nach eigenen Angaben ein perfektes Opfer gefunden, denn an ihr konnte sie über einen langen Zeitraum ihre kranken Neigungen ausleben.

Die Folter und anschließende Tötung von Ingo Hauser beschrieb Valera bei der Verhandlung so, als hätte sie dadurch eine höhere Stufe erreicht. Denn zu den bisher verursachten seelischen Qualen und der körperlichen Gewalt durch Folter kam mit dem Mord auch noch die Kontrolle über das Leben an sich hinzu.

Link hatte es sehr bedauert, am Tage von Valeras Verhaftung der Mutter so hatte zusetzen müssen.

»Ich hatte keine andere Wahl«, war er später Agnes Rothmann gegenübergetreten. »Ich wollte nicht, dass Valera Pfister Ihr Haus verlässt, deshalb musste ich etwas sagen, das sie zwang zu bleiben. Ich wusste, dass es die Frau neugierig machen würde, wenn ich Sie beschuldige. Da wir nicht davon ausgehen konnten, dass die Kinder noch im Haus von Valera Pfister waren, mussten wir uns die Möglichkeit offen halten, die Frau später überwachen zu können, ohne dass sie Verdacht schöpft. Deshalb hat mein Kollege nach den Kindern gesucht, während ich Valera Pfister beschäftigt habe.« Er blickte sein Gegenüber verlegen an. »Tut mir leid, dass das auf Ihre Kosten ging.«

»Sie haben mir meine Engel zurückgebracht«, hatte Agnes auf seine Entschuldigung mit einem sanften Lächeln reagiert. »Und Sie haben getan, was nötig war, wie könnte ich Ihnen das übel nehmen.«

Sich selbst sah Link nicht so glorreich. Der Schmetterling am Kellerfenster von Valera Pfisters Villa, geformt durch die blutigen Handabdrücke von Sophia, wäre ihm beinahe entgangen. Abgesehen davon, dass das Symbol nicht besonders gut zu sehen gewesen war, hatte Link an diesem Tag nicht gerade seine Bestform gehabt. Übermüdet und unter Dauerstress hatte er sich erst im Nachhinein daran erinnert, ohne wirklich sicher gewesen zu sein, ob ihm nicht seine Fantasie einen Streich gespielt hatte. Aber zum Glück war alles gut gegangen und Valera hatte weder rechtzeitig das Symbol an ihrem Kellerfenster bemerkt noch die Kinder bereits woanders hingebracht.

Die kleine Sophia erholte sich recht schnell von der Gehirnerschütterung und auch ihr Bruder Kilian überstand die körperlichen Folgen der Entführung unbeschadet. Das traumatische Erlebnis selbst würden sie jedoch gewiss ihr ganzes Leben lang nicht vergessen …

* * *

Einige Wochen nach der Urteilsverkündung bekamen Strickle und Link unerwarteten Besuch.

Frau Rothmann und ihre Kinder standen im Büro. »Wir wussten nicht so richtig, wie wir uns bedanken sollten«, begann Agnes.

»Das ist doch längst geschehen«, sagte Link und betrachtete die Kinder.

Sophia wirkte ein wenig blass, aber sie lächelte und auch Kilian strahlte.

»Wir haben das zusammen gemacht«, platzte der Junge heraus und Sophia gab ein »Psst!« von sich und sagte vorwurfsvoll: »Du verrätst es noch.«

Kilian hob sich schnell selbst die Hand vor den

Mund und schwieg, während Sophia Link andächtig ein zusammengerolltes Papier mit einer bunten Schleife überreichte.

»Das wäre aber nicht nötig gewesen«, gab der verlegen zurück und als Kilian freudig rief: »Aufmachen!«, löste er sorgfältig den Schlupf und las laut und mit belegter Stimme vor. In krakeliger Handschrift stand da: »Vielen Dank« und darunter fanden sich zwei rote Schmetterlinge, geformt aus den Handabdrücken von Sophia und Kilian.

»Das ist wunderschön«, sagte Link gerührt und tatsächlich musste er heftig blinzeln.

»Vielen Dank, dass Sie den Schmetterling gesehen haben«, sagte Sophia schüchtern und plötzlich stürmte sie zu Link und umschloss seinen ausladenden Körper mit ihren Armen. Schnell ließ sie ihn wieder los, eilte zurück zur Mutter und drückte sich an sie. Kilian tat es seiner Schwester sofort gleich und Strickle beobachtete das Ganze mit einem amüsierten Grinsen. Er würde seinen Kollegen später wegen dessen weichen Kerns aufziehen.

»Wir müssen jetzt gehen«, sagte Agnes Rothmann lächelnd, »es gibt noch einiges zu tun.«

»Ich habe gehört, Sie ziehen um«, entgegnete Link.

»Ja, das Haus ist verkauft. Ich verstehe selbst nicht, warum ich so lange daran festgehalten habe.

Offenbar bemerkt man erst, was wichtig ist, wenn man es beinahe verliert«, sagte sie seufzend und strich automatisch ihren Kindern über den Kopf.

»Daniel wohnt jetzt bei Frau Furrer«, fügte sie resigniert an.

Link wollte vor den Kindern nicht fragen, wie es denn jetzt für Agnes weitergehen sollte, aber sie erzählte ohne jegliche Verlegenheit: »Es wird Zeit, dass ich auf eigenen Beinen stehe. Ich habe eine Selbsthilfegruppe für die Opfer von Valera Pfister gegründet und ich werde wieder arbeiten. Vorerst nur ein paar Stunden die Woche. Jedenfalls will ich nach vorne sehen.«

»Das ist ein guter Vorsatz«, erwiderte Link und drückte ihr herzlich die Hand zum Abschied.

»Du bist deren Held«, sagte Strickle, als die drei das Büro verlassen hatten, und mit einem breiten Grinsen fügte er noch an, »und meiner sowieso!«

Ende

SCHLUSSWORT UND ANMERKUNGEN

Alle Personen, Institutionen und Handlungen in meinem Psychothriller »Verdacht – Blutschmetterling« nebst Namen und Bezeichnungen sind frei erfunden. Ähnlichkeiten mit lebenden oder toten Personen und deren Handlungen sind rein zufällig und nicht beabsichtigt. Das gilt auch für die Dienststelle der Kriminalpolizei, die ich zusammen mit dem Institut für Rechtsmedizin und dem Labor der Kriminaltechnik im Rahmen der künstlerischen Freiheit nach Karlsruhe Neureut verortet habe.

»Verdacht – Blutschmetterling«, ist der zweite Teil der Reihe mit Hauptkommissar Strickle und seinem Kollegen Max Link. Außerdem erschienen ist »Verdacht – Die tote Stiefmutter«. Eine kurze Leseprobe finden Sie anschließend.

Neben fiktiven Schauplätzen werden vorwiegend reale Örtlichkeiten verwendet. Aber aufgrund der vielfältigen Sehenswürdigkeiten und Besonderheiten der wunderschönen Stadt Karlsruhe geschieht das nur partiell, da ich sonst den Rahmen des Buches sprengen würde.

Ich freue mich, dass Sie sich die Zeit für meinen Psychothriller genommen haben und hoffe, mein Karlsruher Ermittler-Duo hat Ihnen spannende Lesestunden bereitet!

Herzliche Grüße
Ihre Ilona Bulazel

LESEPROBE ZU »VERDACHT – DIE TOTE STIEFMUTTER«

Über das Buch …

Ein eiskalter Mord, kriminelle Machenschaften und verhängnisvolle Entscheidungen … Wer hat Tara Aufurth getötet?

Die Hauptkommissare Link und Strickle werden zu einem Tatort in Karlsruhe gerufen. Beim Opfer handelt es sich um die dreißigjährige Tara Aufurth, der mehrere Stichwunden zugefügt wurden.

Die Familie der Ermordeten zeigt sich zunächst betroffen, allerdings stoßen die Beamten bei den Ermittlungen auf Ungereimtheiten. War die Ehe der

Aufurths wirklich so glücklich, wie man ihnen weismachen möchte? Auch bleibt vorerst unklar, ob es sich um ein Verbrechen aus Leidenschaft oder Berechnung handelt.

Ist das Motiv für die Tat eventuell in der Vergangenheit der Toten zu finden? Während sich die Frage stellt, wer wirklich von dem Mord an der jungen Frau profitiert, ergibt sich eine dramatische Wendung …

In dem Thriller »Verdacht – Die tote Stiefmutter« taucht der Leser in den Ermittlungsalltag der Karlsruher Hauptkommissare ein und erlebt, wie es den beiden gelingt, menschliche Schwächen, Begierden und falsche Alibis zu entlarven, um so für Gerechtigkeit zu sorgen!

Als E-Book und Taschenbuch bei Amazon zu finden.

»VERDACHT – DIE TOTE STIEFMUTTER«, KAPITEL 1

Die spitzen Absätze klapperten auf dem harten Asphalt. Tara Aufurth war es gewohnt, hohe Schuhe zu tragen. Deshalb schritt sie zügig voran. Es war ein kalter Abend, Schnee- und Graupelschauer kündigten sich an, und obwohl es noch nicht regnete, hatte man das Gefühl, die Feuchtigkeit würde unter die Kleider kriechen.

»Haro!«, rief die dreißigjährige Tara mit durchdringender Stimme. Der Schnauzer-Mix tauchte aus der Dunkelheit auf, stupste sie an und verschwand wieder.

»Aber nicht zu weit«, rief sie ihm hinterher.

Sie konnte ihn nicht mehr sehen, vernahm aber das Rascheln seiner Pfoten im Laub.

Der Wind hatte gedreht und sie hörte weit entfernt die Straßenbahn.

Nach einigen Metern erreichte sie das

Grundstück des alten Ringers. Wie immer ging der Bewegungsmelder an und der Lichtkegel umhüllte sie kurze Zeit wie ein Spot auf einer Theaterbühne. Dann trat sie wieder in den Schatten und sah ein Stück weiter am gegenüberliegenden Schrottplatz Licht in einem der Fenster. Sie mochte weder Armin Ringer noch den Besitzer des Schrottplatzes; aber zu wissen, dass noch jemand in der Nähe war, ganz egal wie unsympathisch der sein mochte, beruhigte sie dennoch.

Die Laternen waren fast alle ausgeschaltet. Den wenigen, die noch brannten, gelang es jedenfalls nicht, ausreichend Licht zu spenden, um sich sicher zu fühlen. Sie marschierte tapfer weiter. Der Behälter mit den Hundekotbeuteln stand am Ende der Sackgasse und erfreulicherweise hatte die Stadt auch einen Mülleimer aufgestellt.

»Haro, hier!«, befahl Tara und dieses Mal antwortete der Rüde mit einem heiseren Bellen.

»Alles klar mein Großer«, rief sie in den Nebel, nur um im nächsten Moment laut zu fluchen, denn Haro war jetzt in ein alarmierendes Winseln verfallen.

»Hier!«, schrie sie aus Leibeskräften, wohlwissend, was vermutlich gleich passieren würde. »Haro!«, brüllte sie und begann schneller zu laufen. Entweder ihr Hund hatte die Fährte eines Wildtiers aufgenommen oder die einer läufigen

Hündin, jedenfalls standen die Chancen schlecht, ihn noch aufzuhalten. Denn auch wenn sie die Absätze den ganzen Tag lässig und wie selbstverständlich trug, kam sie nun doch an ihre Grenzen. Sie versuchte zu rennen, wurde aber sowohl von ihrem Schuhwerk als auch von der Dunkelheit ausgebremst.

»Haro«, jammerte sie, als sie den kleinen Kanal erreichte. »Herrgott«, sie fluchte. »Bitte nicht heute, ich schwöre, ich lasse dich kastrieren.« Erneut benutzte sie die Lampe ihres Smartphones. Leuchtete die Böschung hinunter und konnte gerade noch sehen, wie ihr Hund durch das flache Wasser des Kanalbetts hetzte, die andere Seite nach oben spurtete und verschwand.

Das darf alles nicht wahr sein, dachte Tara und war kurz davor, in Tränen auszubrechen. Warum hatte sie Haro nicht an die Leine genommen? Wieso ließ sie sich von seinem traurigen Blick jedes Mal dazu verleiten nachzugeben. Jetzt blieb ihr nichts anderes übrig, als zu warten. Er kam immer zurück, wenigstens darauf konnte sie sich verlassen.

Obwohl sie wusste, dass sie die Rückkehr des Hundes durch ihr Rufen nicht beschleunigen konnte, wiederholte sie immer wieder laut seinen Namen und stieß einen genervten Seufzer aus.

Langsam spürte sie, wie ihre Füße kalt wurden

und automatisch begann sie, auf der Stelle zu trippeln.

Sie konzentrierte sich völlig auf die andere Seite des kleinen Kanals, leuchtete mit dem Handy in die Dunkelheit und bemerkte nicht, dass man sich ihr von hinten näherte. Vielleicht war es das Rauschen des Wasserlaufs oder die Geräusche der Straßenbahnen, vielleicht auch die Tatsache, dass man sich bewusst an sie heranschlich, dass Tara von dem Angriff völlig überrascht wurde. Sie spürte Schmerz im Rücken, wollte sich reflexartig umdrehen, wurde aber von einem erneuten scharfen Brennen abgehalten. Insgesamt waren es schließlich drei Einstiche, die die Frau in die Knie zwangen. Keuchend lag sie am Boden, aber es sollte noch nicht vorbei sein. Der Tritt war keineswegs stark, aber er reichte aus, um Tara den Abhang hinunterzustoßen. Ihr Körper rutschte über den unebenen Grund. Herausstehende Wurzeln, Glasscherben und Geröll fügten ihr weitere Verletzungen zu. Am Ende klatschte sie in das Kanalbett, schlug hart mit der Schläfe gegen einen der Steine und war nicht mehr bei Bewusstsein. Ihre Arme und Beine wirkten unnatürlich verdreht. Sie lag auf dem Bauch, das Gesicht ins Wasser getaucht. Die leichte Strömung zog an ihr, als wollte sie sie sanft wachrütteln. Aber Tara reagierte nicht mehr. Ihr Leben sollte in dieser Nacht enden.

* * *

Am nächsten Morgen

Wie jeden Tag fuhr Axel Maier das Stadtfahrzeug zum Kanal in Karlsruhe Rintheim. Er war müde, gestern Abend hatten er und seine Freunde gefeiert. Die Sonntage waren immer so eine Sache. Natürlich nahm er sich vor, nicht über die Stränge zu schlagen, denn der Montag stand bevor, aber dann ergab sich oft eine Gelegenheit zu feiern und gestern war auch noch Saskia dabei und … Nun ja, den Gedanken verdrängte er schnell wieder. Sie war mit einem anderen losgezogen, hatte vermutlich mit ihm die Nacht verbracht. Ein Grund mehr für ihn, sich zu betrinken. Heute Morgen hatte er dafür einen höllischen Kater. Wütend parkte er das kleine Fahrzeug vor dem Hundekotbeutelspender. Kein Wunder, dass er wieder einmal solo war. Mit seinem Beruf konnte er wirklich niemanden beeindrucken und es gab dafür auch keine fürstliche Entlohnung.

Lustlos stieg er schließlich aus dem Transporter, drückte auf den Knopf seiner Kopflampe, damit er überhaupt etwas sehen konnte und machte sich an dem Mülleimer zu schaffen. Die gefüllten Hundekottüten stanken und Axel bemerkte, dass sein Magen rebellierte.

Schnell drehte er sich weg und ging ein paar

Schritte in Richtung der Böschung, um durchzuatmen. Er schloss die Augen und schnappte nach Luft.

Als er die Lider wieder öffnete, sah er den Körper. Der Strahl seiner Lampe und die beginnende Dämmerung ließen keinen Zweifel daran, dass da unten ein Mensch im Wasser lag. »Scheiße«, entfuhr es ihm, »das hat mir gerade noch gefehlt.«

»He, Sie«, rief er hilflos und erhielt, wie zu erwarten, keine Antwort. Mit zittrigen Fingern zog er sein Handy aus der Tasche.

»Was gibt's denn dieses Mal?«, nahm sein Chef den Anruf flapsig entgegen.

»Da liegt eine«, stammelte Axel.

»Was soll das heißen?«, blaffte sein Chef ungeduldig. Er hielt Axel Maier weder für einen intelligenten noch für einen zuverlässigen Mitarbeiter. Dementsprechend unfreundlich behandelte er ihn auch.

»Im Kanal, eine Frau, tot.«

* * *

Als Hauptkommissar Link den Tatort in Karlsruhe Rintheim erreichte, sah er schon von weitem die Streifenwagen der Kollegen und den Transporter der Gerichtsmedizin. Er hievte sich umständlich aus seinem Wagen, um zu vermeiden, dass sich die Krümel des Plunderstücks, das er während der Fahrt heruntergeschlungen hatte, im Fahrzeug verteilten.

Bevor er sich dem Team näherte, klopfte er sich daher zunächst ab, dann hauchte er in die Hände, denn die Kälte traf ihn nach der Fahrt im überheizten Wagen wie eine stählerne Faust.

»Himmel ist das ein Sauwetter«, brummte der Achtundfünfzigjährige und setzte sich langsam in Bewegung. Man reichte ihm einen Schutzanzug, erst dann näherte er sich dem Fundort der Leiche.

Ein Kollege von der Streifenpolizei begleitete ihn und teilte ihm pflichtschuldig die ersten Erkenntnisse mit. Als erfahrener Mitarbeiter war der Streifenbeamte geübt darin, die Dinge auf das Wesentliche zusammenzufassen. Das und die monotone Stimme des Kollegen erinnerten Hauptkommissar Link daran, dass selbst ein Mord einer gewissen Routine folgte. Er verdrängte diesen Gedanken und konzentrierte sich auf die Ausführungen des Kollegen.

»Mitarbeiter der Stadt, Axel Maier, sechsundzwanzig«, sagte der gerade. »Fundzeit gegen sieben Uhr dreißig. Der Zeuge wollte den Mülleimer leeren und die Hundekotbeutel auffüllen, da hat er sie entdeckt.«

Die Beamten erreichten mittlerweile die Böschung und Hauptkommissar Link seufzte. Er war kein besonders sportlicher Typ und auch wenn der Abhang nur zwei bis drei Meter nach unten reichte, so war er doch steil. Vermutlich würden sich alle köstlich amüsieren, wenn er den Halt verlieren und auf dem Hinterteil landen würde. Vor allem Strickle hätte seinen Spaß daran.

Link sah sich um: »Ist Hauptkommissar Strickle schon vor Ort?«, fragte er den anderen.

»Kommt gleich«, wurde ihm knapp geantwortet, bevor er mit dem Abstieg begann.

»Morgen Max«, begrüßte ihn die Gerichtsmedizinerin, als er unten ankam.

»Ja, morgen«, entgegnete er tonlos und betrachtete voller Bedauern die Leiche. Wie so häufig überkam ihn auch heute eine große Traurigkeit, als er auf den leblosen Körper blickte. »Wieder jemand viel zu früh gegangen«, murmelte er voller Anteilnahme.

Die Ärztin ahnte, dass er keine Antwort erwartete und weder Zustimmung noch Trost hören wollte, dafür kannte sie ihn schon zu lange und es hätte an der Tatsache, dass ein Leben vor seiner Zeit beendet worden war, auch nichts geändert.

»Wissen wir schon, wer sie ist?«, wechselte Link in einen geschäftsmäßigeren Tonfall. Er machte diesen Job schon sehr lange, wusste, dass es half, die Gefühle beiseitezuschieben – und doch schämte er sich nicht dafür, sie gelegentlich zuzulassen, auch wenn ihm das als Schwäche ausgelegt werden könnte.

»Ihre Papiere sind da und wir haben vermutlich das Handy gefunden, es lag ein Stück weiter oben. Die Frau heißt Tara Aufurth, wohnt hier um die Ecke. Schlüssel, Uhr ebenfalls vorhanden. Sieht nicht nach einem Raubmord aus.«

»Was noch?«, fragte Link und betrachtete die Leiche mit einer Mischung aus Trauer und Interesse.

»Wir haben drei Einstiche im Rückenbereich, außerdem Verletzungen, die vermutlich durch den Sturz verursacht wurden. Wir wollten sie gerade umdrehen.«

Link blickte nach oben. »Du denkst, sie fiel den Abhang hinunter?«

»Die Spuren an ihrer Kleidung und dem Körper deuten darauf hin.«

»Man hat sie also dort oben erstochen und sie dann hinuntergestoßen, woraufhin sie im Wasser gelandet ist.«

»So sieht es aus.« Hannah Baumeister sah den Kollegen von der Kriminalpolizei fragend an.

Link nickte zum Zeichen, dass die Kollegen die Tote nun bewegen konnten.

»Sieh dir das an«, forderte ihn die Gerichtsmedizinerin auf, nachdem sie die Leiche zusammen mit einem Mitarbeiter gedreht hatte. »Sie hat eine Verletzung an der rechten Schläfe, könnte von dem Aufprall im steinigen Kanalbett stammen.« Hannah runzelte die Stirn, gab einen Laut von sich, den der Hauptkommissar nur zu gut kannte und der ihm signalisierte, dass der Ärztin etwas aufgefallen war. »Denkbar«, sagte die jetzt, »dass sie noch nicht tot gewesen ist, als sie in den Kanal fiel. Sie lag mit dem Gesicht im Wasser, gut möglich, dass sie ertrunken ist. Aber das kann ich erst sicher nach der Autopsie sagen. Und bevor du fragst«, fügte sie noch an, »momentan deutet nichts darauf hin, dass man sie vergewaltigt hat. Aber auch das kann ich erst nach meinen Untersuchungen endgültig ausschließen. Den Todeszeitpunkt schätze ich auf gestern Abend, aber vorerst ohne Gewähr. Bei den niedrigen Außentemperaturen und dem Umstand, dass sie im Wasser lag, lässt sich das nicht so genau eingrenzen. Deshalb würde ich sagen zwischen neunzehn Uhr dreißig und Mitternacht.«

»Was hat sie hier gemacht?«, stellte Link eine Frage, auf die er nicht wirklich eine Antwort von der Ärztin erwartete.

»Da sie laut ihrem Ausweis in der Nähe wohnt, vielleicht einen Spaziergang«, gab sie ihm dennoch zurück.

»Einen Spaziergang um die Zeit halte ich für ungewöhnlich. Sieh dir ihre Stiefel an, nicht gerade Wanderschuhwerk«, forderte sie der

Hauptkommissar auf. »Was habt ihr sonst noch gefunden?«

»Das vermeintliche Handy, aber das ging bei dem Sturz kaputt, das müssen die Kollegen von der IT erst wieder zum Laufen bringen, außerdem jede Menge Müll, einen Turnschuh, eine Hundeleine, einen Blumentopf, Zigaretten …«

Hauptkommissar Link unterbrach sie. »Eine Hundeleine?«

»Ja«, antwortete die Gerichtsmedizinerin etwas irritiert.

»Ich könnte wetten, dass Frau Aufurth hier draußen war, um den Hund Gassi zu führen. Dort oben gibt es einen Kotbeutelspender, einen Mülleimer, ihr fandet eine Hundeleine und eigentlich ist eine Gassirunde auch der einzige Grund, den ich mir vorstellen könnte, warum jemand im Dunkeln an so einem Ort unterwegs sein sollte.«

»Und wo ist dann der Hund?«, bemerkte Hannah nicht ganz überzeugt.

»Tja, das werden wir wohl noch herausfinden müssen«, erwiderte Link nachdenklich.

Als sich Hauptkommissar Max Link fast wieder nach oben gequält hatte, reichte man ihm eine Hand. Er packte zu und sagte stöhnend: »Schön, dass du auch noch vorbeigekommen bist.«

Der Spruch galt Hauptkommissar Elias Strickle, der wie üblich gegen solche Sticheleien immun blieb.

»Was haben wir?«, fragte er stattdessen und ließ seinen Blick über die kahlen Bäume streifen, die trotzdem nicht darüber hinwegtäuschen konnten, dass sie sich nicht in einem reinen Wohngebiet befanden.

Außer Atem informierte ihn Link über den momentanen Stand.

»Und wie geht es weiter?«, fragte Strickle daraufhin. »Wen befragen wir zuerst? Die Anwohner oder die Familie, falls sie eine hatte.«

»Wir fangen gleich mit den Anwohnern an. In der Zwischenzeit sollen die Kollegen überprüfen, ob eine Vermisstenmeldung vorliegt. Wie es aussieht, ist die Frau immerhin schon seit gestern Abend tot.«

»Sind Tatort und Fundort identisch?«, hakte Strickle nach.

»Die Kriminaltechnik fand oberhalb der Böschung Blut, vermutlich von der Toten, nichts deutet darauf hin, dass man die Leiche hierher transportiert hat. Ich tippe auf den Hundespaziergang«, erklärte Link dem Kollegen seine Theorie.

»Gut, dann fangen wir mit möglichen Zeugen an«, erwiderte Strickle. »Axel Maier, der junge Mann, der sie gefunden hat, war nicht besonders hilfreich. Aber vielleicht hat jemand gestern Nacht etwas gesehen. Um die Ecke gibt es einen Schrottplatz und ein Stück weiter ein Wohnhaus. Mit denen sollten wir sprechen. Alles andere sind Lagerflächen und leere Hallen, da werden wir keine Zeugen finden«, informierte Strickle den Älteren.

»Dann sollten wir keine Zeit verlieren«, entgegnete Link ernst und setzte sich in Bewegung.

Den ersten Halt machten sie beim Schrottplatz. Das Schild war verwittert, nur schwer ließ sich der Name des Inhabers entziffern, ein gewisser Markus Herrmann. Das Tor war nicht ganz zugeschoben und so konnten sich die beiden Beamten durchquetschen.

»Was ist passiert?«, fragte Link, während sein Blick über die Schrottberge glitt. Im Augenwinkel sah er etwas vorbeihuschen, hätte schwören können, es sei eine Ratte gewesen, eine mit einem rosigen langen Schwanz.

Strickle wusste, dass ihn sein Kollege auf das Humpeln ansprach, das er zwar zu unterdrücken suchte, was ihm offensichtlich aber nicht gelang.

»Zerrung«, antwortete er deshalb knapp und beobachtete wachsam, wie sich ein paar Meter entfernt langsam ein Tor öffnete.

»Beim Triathlon?«, hakte Link nach und sah nun ebenfalls zu dem geöffneten Tor.

»Bei der Siegesfeier«, entgegnete Strickle, bevor

er laut rief: »Hallo, ist da wer? Wir sind von der Polizei, hätten ein paar Fragen.«

Nichts regte sich und Link wurde nervös. »Es wäre vielleicht besser, etwas subtiler vorzugehen, anstatt immer gleich die Leute zu verprellen.«

»Hallo! Ich weiß, dass Sie da sind. Kommen Sie raus.« Strickle ließ sich nicht davon abhalten, weiterhin autoritär aufzutreten. »Wir sind doch nicht im Kindergarten«, wandte er sich leise an seinen Kollegen. »Oder sollen wir jetzt mit jedem Verstecken spielen?«

Link verzog das Gesicht und wollte antworten, als sich etwas tat. Langsam trat eine Gestalt aus dem Tor und kam auf die beiden zu.

»Hält der die Hände über den Kopf?«, fragte Strickle ungläubig.

»Alles in Ordnung«, versicherte Link dem Mann und machte eine beschwichtigende Geste, während er langsam auf ihn zuging.

»Ich allein hier, nix illegal, Ausweis«, sagte der Mann nun und blickte den Polizisten mit leicht panischem Gesichtsausdruck entgegen.

»Wir wollen Ihnen nur ein paar Fragen stellen«, wählte Link seine Worte mit Bedacht.

Der Mann schien kaum zu verstehen, was ihm der Beamte sagte, aber als ihm Link mit einem Zeichen zu verstehen gab, die Hände zu senken, da atmete er aus. Vorsichtig griff er in seine Tasche und nestelte einen Ausweis hervor.

»Hier, ich Eugen, Eugen Dimitru«, stammelte er und gab Hauptkommissar Link das Dokument.

»Sie stammen aus Rumänien«, sagte der daraufhin lächelnd.

Der andere nickte, entspannte sich sogar ein wenig.

»Und Sie arbeiten hier?«

»Ja, bei Markus, Papiere in Ordnung«, erklärte er besorgt.

»Oh, daran zweifeln wir nicht«, versuchte der Hauptkommissar dem anderen die Furcht zu nehmen. »Wir sind hier, weil gestern Nacht ein Verbrechen passiert ist. Wir suchen Zeugen.«

»Nix gemacht«, ereiferte sich Eugen sofort und versicherte seine Unschuld.

»Das hat keinen Sinn, der versteht uns nicht«, brummte Strickle, was den Rumänen verunsichert von einem zum anderen blicken ließ.

»Ist Herr Herrmann hier?«

»Nein, bald zurück«, antwortete Eugen hilfsbereit.

»Gut«, reagierte Link, »dann kommen wir später noch einmal.« Er versuchte, langsam zu sprechen, und nickte freundlich dabei.

Sein Gegenüber lächelte. Es war nicht klar, ob er

überhaupt verstand, schien aber zu begreifen, dass man ihm nichts Böses wollte.

Während die Beamten den Schrottplatz verließen, sagte Link: »Wir müssen einen Dolmetscher besorgen, wenn wir den Mann vernehmen möchten …«

EBENFALLS LESENSWERT …

»Hassbefleckt«, Psychothriller 2023

Jedem Einstich folgte ein wohliges Prickeln auf der Haut, jeder Tropfen Blut, der ihren Körper verließ, entlockte ihrem Todesengel eine Schweißperle – und wenn von ihr noch ein leises, schmerzerfülltes Stöhnen zu hören war, dann verwandelte sich der Mord zu einem lustvollen, sinnlichen Akt.

Wurde Claire Weber ihr Aussehen zum Verhängnis? Als das Freiburger Team um Hauptkommissarin Frederike Zimmer die Leiche einer jungen Frau entdeckt, ahnen die Beamten bereits, dass das nur der Anfang einer grauenvollen Mordserie ist.

Da es dem Täter gelingt, nach seinen blutigen Ritualen keinerlei Spuren zu hinterlassen, stehen die Ermittler vor einer außergewöhnlichen

Herausforderung. Mit jedem weiteren Opfer stoßen die Polizisten auf mehr Selbsthass, unerfüllte Sehnsüchte und verstörende Familienverhältnisse.

Noch rätselhafter entwickelt sich der Fall, als eine Prostituierte getötet wird und Eifersucht als mögliches Motiv infrage kommt. Welche Rolle spielt dabei der zwielichtige Geschäftsmann Silvio Leco? Auch dessen ungewöhnliche Beziehung zu seinen Kindern gibt Anlass zu Spekulationen …

Wird es der Hauptkommissarin gelingen, die hassbefleckte Seele aufzuhalten, die diese brutalen Morde begeht? Im neuen Psychothriller von Ilona Bulazel löst die Kombination aus Zorn und Zurückweisung eine Welle der Gewalt aus, die nur der Tod aufhalten kann!

WEITERE BÜCHER DER AUTORIN

Alle Bände der Reihen sind in sich abgeschlossen und können unabhängig voneinander gelesen werden.

- Hassbefleckt (Psychothriller)
- Todmädchen (Psychothriller)
- Niemandsengel (Psychothriller, Hauptkommissar Stutter Band 7)
- Sepsis – Zorneskind (Psychothriller, Sepsis Band 11)
- Verdacht – Die tote Stiefmutter
- Mortem – Blutiges Elbufer (Mortem-Reihe, Band 2)
- Der Duft der Opfer (Psychothriller, Hauptkommissar Stutter Band 6)
- Mortem – Blutiger Traum

- Sepsis – Schlafendes Englein (Psychothriller, Sepsis Band 10)
- Sterbendes Herz (Psychothriller, Hauptkommissar Stefan Junck Band 2)
- Die im Regen weinen (Psychothriller, Hauptkommissar Stutter Band 5)
- Der Todeseid (Psychothriller)
- Mein Zorn – Dein Schmerz (Psychothriller)
- Dem Tod verfallen (Psychothriller)
- Tödliche Heilige (Psychothriller, Hauptkommissar Stutter Band 4)
- Mädchen ohne Wiederkehr (Psychothriller)
- Der Engelshenker (Psychothriller, Sepsis Band 8)
- Lebendfalle (Psychothriller)
- Schattenleid (Psychothriller, Hauptkommissar Kaller Band 2)
- Der Schmerzjäger (Psychothriller, Hauptkommissar Stutter Band 3)
- Blutschwarz (Psychothriller, Sepsis Band 7)
- Der Todesprinz (Psychothriller, Hauptkommissar Kaller Band 1)
- Heimtückische Schuld (Psychothriller, Hauptkommissar Stutter Band 2)
- Blutmosaik (Psychothriller, Sepsis Band 6)

- Der Sündenfänger (Psychothriller, Hauptkommissar Stutter Band 1)
- Verdorbene Ernte (Psychothriller)
- Bitterblutige Wahrheit (Kriminalroman)
- Ufer der Angst (Psychothriller, Sepsis Band 5)
- Schmutzige Tränen (Psychothriller)
- Lautloser Hass (Psychothriller, Sepsis Band 4)
- Sepsis – Showblut (Psychothriller, Sepsis Band 3)
- Sepsis – Das Schandmaul (Psychothriller, Sepsis Band 2)
- Sepsis – Verkommenes Blut (Psychothriller, Sepsis Band 1)
- Das Geheimnis von Herculaneum (Historischer Roman)
- Blutiger Schein (Thriller)
- Projekt Todlicht (Thriller)
- Die Akte Aljona (Thriller)
- Operation Castus (Thriller)
- world: reset – Nach den Aschentagen (Krimi/Science-Fiction-Thriller)
- Mystery-Geschichten (Kurzgeschichten)
- SciFi-Geschichten (Kurzgeschichten)

Alle Titel erhalten Sie als E-Book (die Shops finden Sie auf der Website der Autorin unter https://www.autorib.de) oder als Taschenbuch über Amazon!

Printed in Poland
by Amazon Fulfillment
Poland Sp. z o.o., Wrocław

29640398R00147